Anonym

Denkbuch der merkwürdigsten Tage Wien's

I. Heft

Anatiposi

Anonym

Denkbuch der merkwürdigsten Tage Wien's

I. Heft

Unveränderter Nachdruck der Originalausgabe von 1850.

1. Auflage 2023 | ISBN: 978-3-38240-180-1

Anatiposi Verlag ist ein Imprint der Outlook Verlagsgesellschaft mbH.

Verlag: Outlook Verlag GmbH, Zeilweg 44, 60439 Frankfurt, Deutschland
Vertretungsberechtigt: E. Roepke, Zeilweg 44, 60439 Frankfurt, Deutschland
Druck: Books on Demand GmbH, In de Tarpen 42, 22848 Norderstedt, Deutschland

Denkbuch

der

merkwürdigsten Tage Wien's.

Eine ausführliche Darstellung

aller Ereignisse und Begebenheiten des Jahres 1848
in und um Wien,
die Bekanntgebung der erschienenen Proklamationen, gehaltenen Reden
und Feierlichkeiten ꝛc.

Die Hälfte des reinen Ertrages ist für die Verunglückten
Wien's bestimmt, und das Ergebniß wird seiner Zeit öffent:
lich bekannt gemacht werden.

I. Heft.

Die übrigen Hefte folgen in kürzester Zeit.

Wien. 1850.
Gedruckt bei Josef Stöckholzer v. Hirschfeld.

Vorwort.

Das Jahr 1848 ist für die Geschichte und sozialen Ver=
hältnisse der österr. Monarchie von der größten Wichtigkeit.
Ein neuer Staat sollte aus den Trümmern des alten ent=
stehen, und in demselben ein freies Volk in Aussicht ge=
stellt werden. Die früher bestandenen Disharmonien der
verschiedenen Nationalitäten des österr. Kaiserstaates waren
durch einen Zauber verschwunden, alle begrüßten sich theils
durch Adressen, theils durch entsendete Deputationen auf
das Herzlichste in Wien, mit dem festen Vorsatze für das
geliebte Vaterland und angestammte Kaiserhaus Blut und
Gut zu opfern. Die Freude, welche sich in einer so un=
schuldigen Weise offenbarte, hatte Alles vereint, und was
sich früher haßte, lag sich liebend in den Armen. Um jene
Zeit war es auch, wo die Ankündigung dieses Werkes er=
folgte mit dem Versprechen, nach Vollendung der gesam=
melten geschichtlichen Daten, wozu große Vorsicht gehörte,
dasselbe erscheinen zu lassen. Wem sind nicht leider die
Wechselfälle der geträumten Seligkeit seit jener Zeit be=
kannt, die Verwirrungen und Uebergriffe an allen Ecken
und das Auftauchen der größten Leidenschaftlichkeit in allen
Handlungen. Die Preßfreiheit wurde von Unberufenen
mißbraucht und es gingen aus derselben, anstatt Belehrung
und Bildung für das Volk, Verdächtigungen aller Art vie=
ler achtbarer Männer hervor. Ein solcher Zustand konnte

nicht lange dauern; auch war es wirklich unmöglich die
Vorfälle des ersten Erwachens zu jener Zeit leidenschaftslos
zu beschreiben, denn manche hervorragende Persönlichkeit
würde unverdient in den Koth gezogen, während ein aus
den schmutzigsten Interessen zusammengesetztes Individuum
allgemein gefeiert würde.

Aus diesem und in der Folge noch anderen Gründen
mußte die Herausgabe dieses Werkes unwillkührlich ver-
schoben werden.

Wien im Jänner 1850.

Der Herausgeber.

Um die außerordentlichen Begebenheiten der verhängnißvollen Zeitperiode des Jahres 1848 vom richtigen Standpunkte aus beurtheilen zu können, ist es nothwendig, einen Blick in die jüngste Vergangenheit zu werfen, welche ihnen vorausging. Schon mit dem Anfange des Jahres 1848 zeigte sich unter den Völkern Europa's eine fast allgemeine Bewegung, dort mehr, hier weniger, überall aber zum gleichen Zwecke, nämlich durch die geworbene Ueberzeugung herbeigeführt, daß man sich dem Systeme des Fortschrittes in politischer Hinsicht anschließen müsse, das unbrauchbare Alte dem besseren Neuen zum Opfer zu bringen, indem in Beziehung der Künste, Wissenschaften und Gewerbe dem Fortschritte längst schon gehuldiget wurde.

Im Süden wie im Norden erwachte ein neues Leben, ringsum gab sich gleiches Streben kund, in dem alternden, kränkelnden Europa entfaltete sich konstitutionelles Bewußtsein, und so wollte sich Alles in seinem Inneren verjüngen und kräftigen.

Es war an der Scheide von Februar und März 1848, zu welcher Zeit sich die Nachricht in Wien verbreitete, in Paris, als der maßgebenden Stadt in Frankreich, sei die französische Republik proklamirt, und der König Ludwig Philipp sammt seinem Anhange aus Frankreich verbannt worden. Die Sensation in Wien war ungeheuer. Alles sah mit einem unaussprechlichen Gefühle auf das Vaterland, denn man setzte richtig voraus, daß auch auf Oesterreich diese Ereignisse einen großen Einfluß machen werden. Ein großes Monarchenthum war also untergegangen im Sturme der Revolution.

Die ruhig Ueberlegenden verhehlten sich ihre Besorgnisse nicht, die Exaltirten sprachen ihre Ansichten offen aus, die Furchtsamen hingegen steckten die Köpfe zusammen.

Der Kredit wurde vernichtet, die Staatspapiere sanken weit unter ihren Nennwerth, die Sparkasse wurde fast um Rückzahlung der Einlagen gestürmt, die Banknoten wurden mit größter Hast in klingende Münze umgewechselt, und die Männer der Börse sahen ihren unvermeidlichen Sturz vor Augen.

Der Andrang zu politischen Blättern an allen öffentlichen Orten war einer Bestürmung gleich, und so wurden die Zeitungen, da man nicht gebuldig abwarten wollte, in den meisten Cafe's und größeren Gasthäusern vorgelesen, die Intervention verdächtiger Zuhörer aber auf eine männliche Weise zurückgewiesen.

Die harmlose Bevölkerung Wiens fing an, sich mit gesteigertem Interesse um die Welthändel zu bekümmern; die sonst sprichwörtlich gewordene gemüthliche Ruhe der Wiener wurde im Strome der ereignißreichen Zeit fortgerissen; trotzdem aber blieb der echte Wiener noch immer besonnen und nüchtern, denn er wußte, daß wohl etwas Wichtiges geschehen müsse, allein, das Vertrauen auf seinen Kaiser ließ ihn in ruhiger Erwartung der kommenden Dinge harren.

Endlich erschienen die friedlichen Proklamationen der neuen (französischen) Republik, die Anerkennung von Nordamerika, Holland, England und Rom, und die Gerüchte von einer österreichischen Intervention verhallten.

Die Zeitungen aber brachten dafür die Nachrichten von den liberalen Stürmen in Würtemberg, Baden, Bayern, Hessen und Rheinland; die patriotischen Hoffnungen bekamen neuen Aufschwung, Frankreich mit seinem Paris wurde vergessen, alles jubelte dem deutschen Vaterlande zu, und für Oesterreich steigerten sich die Erwartungen zum Umschwung durch neue Reformen des Staatswesens zur Gewißheit.

Alles wollte persönlichen Antheil an der Beschleunigung haben, die Herzen waren gehoben und die Köpfe begeistert, Alles brängte sich zur Thaten- und Demonstrationenlust, die zum ersten Male die Bevölkerung Wiens ergriff.

Diesen wichtigen Tagen gingen nicht wie gewöhnlich geheime Verbindungen voran, es wurden keine Flugschriften verbreitet, keine Versammlungen gehalten, auch keine Aufreizungen angewendet.

Die Ursache lag im geistigen Drucke, in der durch Arbeitslosigkeit, Mangel an Erwerb und fortwährender Theuerung auf's

Höchste gestiegenen Noth der untern Volksklassen, in den stockenden Geschäften des Handels und der Industrie, in der immer weiter um sich greifenden Demoralisirung des Pöbels, durch einen ganz mangelhaften Unterricht herbeigeführt, und endlich wohl in den zerrütteten Verhältnissen des Staatsschatzes, wodurch ein Zustand herbeigeführt wurde, der für die Länge ohne ausgiebige Maßregeln und durchgreifende Abhilfe unerträglich geworden wäre. Eine große Schuld hieran wurde einigen hochgestellten Männern, die das Staatsruder leiteten und zunächst die Person des Kaisers umgaben, zugeschrieben; man machte ihnen zum Vorwurfe, daß sie den allgeliebten Monarchen durch Entstellungen zu täuschen suchten, daher ihm den wahren Stand seines Volkes nie offen mittheilten. Jeder nahm den guten Kaiser in Schutz, die Liebe, die Verehrung war aufrichtig und allgemein, die Treue unerschütterlich, desto größer der Haß aber gegen jene Männer, von denen der Fürst Metternich obenan stand, und so sprach sich auch später die Stimmung des Volkes aus.

Man entwarf Adressen, theils an Seine Majestät, theils an die Landstände gerichtet, die am 13. März ihre Sitzungen zu beginnen hatten, ein in Oesterreich nie erlebter Schritt seiner Staatsbürger.

Der juridische Leseverein, der Gewerbverein, die Gelehrten und Künstler und die Bürgerschaft, jede Korporation schaarte sich um ihre eigene Adresse und bedeckte sie mit Unterschriften.

Die Buchhändler, welche unter dem geistigen Drucke die empfindlichsten Streiche erdulden mußten, schickten eine eigene, aus ihrer Mitte gewählte Deputation an den Kaiser, und erklärten ihre Steuerunfähigkeit unter der bestehenden Censur. So war der politische Geist allgemein unter allen Klassen erwacht.

Die Adresse von dem niederösterreichischen Gewerbvereine wurde durch allgemeine Stimmenmehrheit in ihrer am 6. März stattgefundenen Sitzung angenommen, deren Inhalt folgender ist:

Euer Majestät!

- „Ungeheure Ereignisse haben im Westen von Europa stattgefunden. Der Kredit ist auf das Tiefste erschüttert, alle Gewerbe stocken und es droht die höchste Gefahr.“

„Nur ein festes, inniges Anschließen der Regierung an die Stände und Bürger, ein festes, inniges Anschließen Oesterreich's

an die Interessen des gemeinsamen deutschen Vaterlandes und Offen=
heit kann das alte, so oft erprobte Vertrauen wieder gewinnen."

„In dieser Zeit der Noth wagt es daher der gehorsamste nieder=
österr. Gewerbverein Euer Majestät die Versicherung zu geben,
daß alle seine Glieder bereit sind, Gut und Blut für das ange=
stammte Kaiserhaus zu opfern, indem sie überzeugt sind, daß Euer
Majestät nur die weisesten und zweckmäßigsten Mittel wählen
werden, das drohende Uebel abzuwenden."

Euer Majestät

treugehorsamster

Niederösterr. Gewerbs-Verein.

Diese Adresse wurde von dem allgemein geachteten Vereins=
mitgliede Herrn Rudolph von Arthaber, der um die vaterländische
Industrie viele Verdienste hat, verlesen, und von Sr. k. k. Hoheit
dem in der Sitzung anwesenden durchlauchtigsten Herrn Erzherzog
Franz Karl mit folgenden Worten erwiedert:

„Ich danke Ihnen im Namen Sr. Majestät für die=
„sen Ausdruck Ihrer Anhänglichkeit, welche ich auch nicht
„ermangeln werde, dem Kaiser alsogleich mitzutheilen. Ge=
„wiß! wir haben nie in die Treue Zweifel gesetzt, welche
„Sie neuerdings an den Tag legen. Ja, es ist nun an
„uns, festzuhalten, denn nur dann können wir zum erwünsch=
„ten Ziele gelangen."

Außerordentliche Beifallsbezeugungen wurden dieser so bedeu=
tungsvollen Aeußerung des allgemein geliebten und verehrten Erz=
herzogs als erhabener Sproße unseres glorreichen Kaiserhauses, und
als Se. kaiserl. Hoheit der durchlauchtigste Erzherzog sich nochmals
mit den Worten an die Gesellschaft wandte:

„In Ihrer Mitte zu stehen, kann mir nur höchst er=
„freulich sein!"

da wollte der Applaus nimmer enden.

Die von den in verschiedenen Klassen vorbereiteten Bittschriften,
welche man durch die niederösterr. Stände zum Throne des Kaisers
wollte gelangen lassen, enthielten einstimmig die Bitte um Abstellung
jener drückenden Maßregeln, welche mit den gerechten Forderungen

der Zeit nicht mehr im Einklange standen, und die auf Oesterreich um so mehr lasteten, als es dadurch von dem deutschen Gesammtvaterlande abgeschlossen war, und dessen schöner Entwicklung nur mit Neid zusehen konnte.

Eine an die niederösterr. Herren Stände eingebrachte Abresse, welche unmittelbar vor dem 13. März, als dem Tage des Zusammentrittes derselben, bedeckt mit vielen Tausend Unterschriften, vorgerichtet wurde, war nachstehenden Inhaltes:

„Seit einer Reihe von Jahren ist von jedem Vater-
„landsfreunde der Wunsch lebhaft gefühlt, und von Man-
„chem mit Rede und Schrift die Nothwendigkeit laut aus-
„gesprochen worden, auch unser schönes und mächtiges Oester-
„reich den Weg friedlichen und gediegenen Fortschrittes
„betreten zu sehen. Die letzten Ereignisse im westlichen
„Europa lassen diese Forderungen um so unabweisbarer
„erscheinen, als sie dem Weltfrieden, so wie dem Staats-
„kredite, der Sicherheit des Eigenthums, der Ordnung und
„des Rechtes in jedem Reiche gefährlich werden können.
„Was in Deutschland in diesem Augenblicke zur Wahrung
„vor jedem Wechselfalle des Glückes, zum Schutz und zur
„Stärkung nach Außen und Innen geschieht, ist Niemanden
„unbekannt. Jeder hegt zugleich die Ueberzeugung, daß
„Oesterreich, dessen Herrscherfamilie durch Jahrhunderte die
„deutsche Kaiserkrone trug, auch nur im festen Anschließen
„an deutsche Interessen und deutsche Politik sein wahres
„Heil gewinnen könne.
„Wenn die österreichischen Bürger sich vor Allem ge-
„drungen fühlen, ihre unerschütterliche Liebe und Anhäng-
„lichkeit an das erhabene Kaiserhaus auszusprechen, so halten
„sie es zugleich für ihre heilige Pflicht, diejenigen Maß-
„regeln offen und frei darzulegen, welche ihrer Meinung
„nach, einzig und allein geeignet sein können, in so drohenden
„Zeitverhältnissen der Dynastie, so wie dem Gesammtvater-
„lande neue Kraft und neuen Halt zu verleihen. Diese
„Maßregeln sind: Unverweilte Veröffentlichung des Staats-
„haushaltes; periodische Berufung eines alle Länder der
„Monarchie, so wie alle Klassen und Interessen der Bevöl-
„kerung vertretenden ständischen Körpers, mit dem Rechte

„der Stenerbewilligung und Kontrolle des Finanz-Haushal-
„tes, so wie der Theilnahme an der Gesetzgebung; — Her-
„stellung eines Rechtzustandes in der Presse durch Einfüh-
„rung des Repressivgesetzes; — Durchführung des Grundsatzes
„der Oeffentlichkeit in der Rechtspflege und in der gesammten
„Verwaltung; — Verleihung einer zeitgemäßen Municipal-
„und Gemeindeverfassung, und auf deren Grundlage: Ver-
„tretung der in der gegenwärtigen ständischen Verfassung gar
„nicht oder nur unvollkommen begriffenen Elemente des Acker-
„baues, der Industrie, des Handels und der Intelligenz." —

„Die Stände, — wenn gleich in ihrer dermaligen Zu-
„sammensetzung nicht der vollständige Ausdruck des ganzen
„Landes — sind als verfassungsmäßiges Organ für die Be-
„dürfnisse des Volkes berufen, die Gewährung unserer Bit-
„ten bei unserem gütigen Monarchen zu vermitteln."

„Die Unterzeichneten stellen daher die Bitte: die hoch-
„löblichen niederösterreichischen Stände wollen die vorgeschla-
„genen Maßregeln in der nächsten Landtags-Versammlung
„in Berathung nehmen, und die geeigneten Anträge zu deren
„baldigen Verwirklichuug an den allerhöchsten Thron gelan-
„gen lassen."

Dieses waren von dieser Seite die einleitenden Vorgänge zu
den wichtigsten Ereignissen in Oesterreichs Geschichte, zu einem
Ereignisse, das uns Glück, neues Leben und wirkliches Bewußtsein gab, durch die Herzensgüte und Milde des besten Regenten,
denn **groß, wahrhaft groß** war, was Kaiser Ferdinand
gethan, **mild,** wie er es gethan.

Ehe wir aber zu dem 12. und 13. März übergehen, dürfte
der Vorfall des Faschingdienstages nicht uninteressant erscheinen,
um so mehr, da er zur Beurtheilung des Märzbrandes und zur
Erhebung der akademischen Jugend wesentlich ist.

In einsamer Kneipe saßen spät Abends am Faschingsdienstage
(beim Stern in der Alservorstadt) sieben zusammen, meist Mediziner
des 5. Jahrganges. Die letzte Stunde des Carnevals sollte erwartet und feierlich beendet werden. Jokoses Zeugs ward getrieben,
die französische Revolution gespielt, Louis Philipp der Ex-König
und dessen Minister Guizot mit Stößen und Püffen aus Frankreich, d. i. der Wirthshausstube verjagt, und der Schlaf und das

Erwachen des deutschen Michels aufgeführt. Plötzlich rief der Mediziner L ö s e r: „Hört, Freunde! auch wir sollten eine Adresse ergehen laffen, hier vom Stern aus!" Diese Worte trafen wie ein Blitz in die Pulvertonne. Es wurde vor der Hand geschwiegen, nachdem man rasch eine Zusammentretung für den folgenden Tag verabredet hatte. Es kam also derselbe Tag heran. Des Morgens hatte er mit einem Juristen des 3. Jahrganges gesprochen und die freudige Zusicherung erhalten: „Daß sie schon dieselbe Idee gehabt daher man das Beste von ihnen erwarten dürfe." — Glücklich und zufrieden gingen sie denselben Abend in die Wohnung eines Freundes und hier saßen bald 7 an der Zahl um einen Tisch, die Federn in der Hand, zur Abfassung bereit. — Nach vielem Hin- und Herreden wurden sie endlich blos über die Punkte der Adresse einig, die Abfassung selbst jedoch wurde L ö s e r n übertragen. An jenem Abende wurde noch ein Gesandter ernannt, dem aufgetragen wurde, einige verläßliche Techniker zur ersten Versammlung einzuladen. Die Techniker beriefen andere, die Juristen L ö s e r. Von den Letzteren erschienen fünf, zwei brachten zugleich Abreß-Entwürfe mit. Er führte sie in die Versammlung Donnerstag Abends. Gegen vierzig junge Männer aus allen Gegenden und Jahren begrüßten sich zum erstenmale mit dem „Du" — verbunden zur Entfesselung und Hebung des Vaterlandes. — Sie lasen ihre Adressen — die erste von L ö s e r verfaßt, klang zu aforistisch, in zu keckem Tone, — die zweite, das Gegentheil, und so kam denn die dritte an die Reihe, welche in einem kanzleiüblichen Tone dennoch eine entschiedene Sprache verband. — Nach der Abkürzung und Abänderung dieser Adresse erhielt jeder Anwesende die Weisung mit dem Versprechen des Schweigens, Leute für sie zu gewinnen. Die nächste und auch letzte Versammlung war Samstag, aber der Muth, die Hoffnungen waren gesunken. Der Geist war der Ueberlegung gewichen, hatte ja doch Mancher das Unternehmen für Unsinn erkannt. Der Eine, weil er die Zeit, das einhellige Streben des Geistes nicht begriff, der Andere, weil sich ihm die Festung vor das Auge stellte, die ihn jedenfalls nach dem Strafgesetzbuche erreichen mußte, wenn das alte absolute System hätte bleiben können. — Sie wichen in Einigem dem kundgegebenen Wunsche der Mehrzahl ab, jedoch im Wesentlichen blieb die Versammlung fest bei dem einmal Ausgesprochenen. — Die Gesinnung mit L ö s e r war gleich, als er sagte: „Freunde! bedenkt un-

sere Ehre Angesichts von Deutschland. Wir haben die strengste Kritik zu erwarten. Ehe wir eine servile Adresse verfassen, lieber keine! Alle die fürchten, fürchten nur — weil sie die Zeit nicht verstehen, sie sehen noch immer die Glorie des Drucksystems im vollsten Glanze! — Dieses System muß um des Volkes Willen fallen und gingen wir selbst darüber auf die Festung — in nicht langer Zeit, da man unseren redlichen Willen einsehen wird, werden wir freigelassen! Wagen wir daher Alles — wer die Adresse in dieser Fassung nicht unterzeichnet, unterzeichnet sie auch in einer anderen nicht, denn er zittert schon vor dem Akte allein! Lassen wir es darauf ankommen. Finden wir keinen Anklang durch Unterschriften, so falle das Ganze!"
— Die Adresse blieb; der sie am folgenden Morgen las, nahm sie über Nacht zur Abschrift mit, Alles wurde für 8 Uhr an die Universität zur Unterzeichnung bestellt, und die Maßregeln selbst für den Fall bewaffneten Einschreitens getroffen. Um 10 Uhr Nachts gingen also die Letzten auseinander, noch gar nicht ahnend, von welcher Tragweite ihr Beginnen für die Zukunft einer ganzen Nation werden sollte.

Die Professoren der Wiener Universität wurden Samstag den 11. durch ein Dekret des obersten Kanzlers, Grafen von Inzaghi beauftragt, sich Sonntag um 9 Uhr im Konsistorial-Saale zu versammeln um die Studenten an der Abfassung und Unterfertigung einer Bittschrift an Se. Majestät, wegen zeitgemäßen Koncessionen zu verhindern, da man schon früher von dem Vorhaben der akademischen Jugend in höheren Kreisen unterrichtet war. Endlich erschien Sonntag der 12. März, und sämmtliche Studirende der Universität und des polytechnischen Institutes versammelten sich vor dem Universitätsgebäude um ihr einmal gefaßtes Vorhaben eine Adresse an Se. Majestät zu überreichen und deßwegen zu unterzeichnen, auszuführen. Es war die unveränderte Adresse, welche Löser verfaßt, und in der frühern Versammlung vertheidiget hatte. Die Professoren waren pünktlich der Weisung des obersten Kanzlers nachgekommen, aber auch die Studenten erschienen in großer Zahl, überfüllten die große Halle des neuen Universitäts-Gebäudes, den großartigen Universitätsplatz, dann die beiden Bäckerstraßen. Die gewöhnlichen Hörsäle der Universität waren für diesesmal auf Anordnung des obersten Kanzlers für die Studenten geschlossen, was Erbitterung bei den noch unerfahrenen jugendlichen Gemüthern erregte, und sie machten Miene, da man nicht öffnen wollte, die Thüre mit Gewalt zu sprengen.

Dieser Vorfall beunruhigte die Herrn Professoren, Vicedirektoren ꝛc., welche in gemüthlicher Konversation im Konsistorial-Saale beisammen saßen, sie entsandten ihre besten Redner und populärsten Männer, nämlich Endlicher und Hye, um die aufgeregten Gemüther zu beschwichtigen.

Nie hatten diese Herren Gelegenheit gehabt, die Entschlossenheit und den Muth in einem so großartigen Lichte zu sehen, daher kam es auch, daß man den ganzen Vorfall als eine vorübergehende Aufwallung betrachtete, mit welcher Meinung selbst die überwachenden Stellen — damals — mit einverstanden zu sein schienen.

Fest und unerschütterlich bestehen sie aber auf ihrem Vorgefaßten. Ein Hörer der Rechte verlas die Abresse und forderte die Versammlung zur Unterschrift auf, übrigens nehmen sie noch das Anerbieten an, daß ihre Abresse von den genannten Professoren überreicht werde, denn das muthvolle Benehmen des beliebten Professors Hye, dem sie alle seiner freisinnigen Denkart wegen mit inniger Liebe und größter Achtung ergeben waren, bildete die Stütze, als würdiger Führer dieser heldenmüthigen Schaor. In einer geistreichen und begeisternden Rede erhob er bei der Aufforderung zur Unterschrift der vorgelesenen Abresse seine Stimme, ermahnte sie zum ruhigen Verhalten, versuchte dadurch ihr Vorhaben niederzuhalten, daß er den Petitionsweg in einem absoluten Staate als einen gesetzmäßig-unzulässigen bezeichnete. Das Feuer seines Vortrages und die so einbringende Beredsamkeit siegte endlich, und es wurde beschlossen, die Bitten und Wünsche der Studirenden zu den Stufen des Thrones, durch eine zu wählende Deputation niederzulegen. Die würdige Haltung und weise Mäßigung dieser Rede verdient hier mitgetheilt zu werden; sie lautete: „Meine Herren! ich bin „der Erste, welcher sich als Verfechter Ihrer Inte- „ressen an Ihre Spitze stellt!" — „Sie wissen, wie oft „bereits das Damoklesschwert über meinem Haupte geschwebt; Sie „wissen, wie ich jederzeit bereit gewesen, in Ihrer Brust das Rechts- „bewußtsein zu klären und zu entflammen; — Sie wissen, wie ich „unerschrocken jedesmal der Wahrheit gehuldigt habe. Schenken Sie „mir wieder Ihr Zutrauen; ich will mich dessen würdig zeigen, und „Gut und Blut, Weib und Kinder der guten Sache zum Opfer

„bringen! — Schlagen wir zuerst den gesetzlichen Weg
„ein, und wenn uns dieser nicht zum Ziele führt, dann erst können
„wir zu andern Maßregeln unsere Zuflucht nehmen. Zu diesem Ende
„wähle jede Fakultät ihren Abgeordneten, welcher mit den andern
„Sr. Majestät die Bitten und Wünsche der Akademiker vortrage!"
Nach diesen eindringlichen Worten wurde zur Wahl geschritten die
nicht ohne stürmische Bewegung vor sich ging. Man beabsichtigte
dieses Bittgesuch kommulativ, nämlich mit den Worten: „Die Stu=
direnden der Wiener Hochschule" unterfertigen zu lassen,
allein die Studenten beharrten fest und unerschütterlich auf der ein=
zelnen Unterzeichnung eines jeden Namens, stellten eben so dringend
die Forderung, daß die Ueberreichung „Heute noch" und un=
mittelbar in die Hände des Kaisers geschehe, und frag=
ten sehr dringend wann die Professoren ihnen Antwort bringen
würden. Demzufolge verfügten sich Hye und Endlicher als De=
putirte um 11 Uhr in die Burg, um bei Sr. Majestät Audienz zu
erbitten.

Vom Grafen Kolowrat an den Erzherzog Ludwig gewiesen,
stellten sie an denselben die ergebenste Bitte eine unmittelbare
Audienz bei Sr. Majestät dem Kaiser zu ermöglichen, und legten die
hiefür sprechenden unabweislichen Motive dieses Begehrens ausein=
ander. Ihr Vortrag wurde nicht gut aufgenommen, obschon Herr
Professor Endlicher dem durchlauchtigsten Erzherzoge unter Be=
rufung seiner bekannten Anhänglichkeit an das allerhöchste Kaiser=
haus mit warmer Beredsamkeit eröffnete, daß Fürst Metternich all=
gemein verhaßt sei, und als Quelle alles Uebels betrachtet werde,
daher das Fortbestehen seiner Macht vom Nachtheil für Volk und
Staat sein müßte. Der Erzherzog entließ hierauf die Deputation sehr
kalt, ja strenge und ohne Hoffnung auf die erbethene Audienz bei
Sr. Majestät. Während Hye und Endlicher die Oberröcke in
dem Vorzimmer anzogen, gingen Se. kais. Hoheit Erzherzog Lud=
wig durch dasselbe und reichten Letzteren die Hand, auch hörten sie
bei ihrer Entfernung aus der Burg, es sei Befehl gegeben, den
Staatsrath auf 2 Uhr Nachmittags zusammen zu berufen. Endlich um
4 Uhr folgte an Hye und Endlicher die Einladung, sich um 6 Uhr
bei Sr. Majestät zur Audienz vorzustellen. Se. Majestät nahm die Adresse
sammt Deputirten gütig auf, sagte genaue Erwägung der unter=

breiteten Adresse zu, ohne eine bestimmtere Antwort zu er-
theilen.

So standen die Dinge am Abende des 12. März, und wohl
die Mehrzahl der Bewohner Wiens, die mehr als eine halbe Million
ausmacht, ahnte nicht die Dinge, die da in der kürzesten Zeit
kommen sollten, denn in der nächsten Zukunft sollte ja Freiheit und
Leben für Oesterreich entschieden und eine Umgestaltung der socialen
Verhältnisse selbst angebahnt werden. —

So kam der verhängnißvolle Montag heran, an dem sich
die Bewegung auf eine zweifache, sehr verschiedene Art unter den
Bewohnern Wiens kundgab. Nach 8 Uhr Morgens strömmte die
Studentenschaft zur Universität, um das Resultat über die am vori-
gen Tage von den Akademikern an Se. Majestät abgegangene Deputation zu erfahren, und es wurde ihnen kundgegeben, daß die
Adresse von Sr. Majestät gnädigst aufgenommen worden, Hye wies
auf die Bedeutung dieser großen Huld hin, und mit aller seiner
Beredsamkeit forderte er auf, den eingeleiteten Fortschritt nur auf
dem Wege des Gesetzes und der Ordnung anzubahnen. Doch so
kräftig auch seine Worte waren, so sehr sie beschworen, reichten sie doch
nicht hin, um dem immer stärker anschwellenden Strome Schranken
zu setzen, die Ufer waren bald überflutet, nach allen Seiten wogte
es hinaus, und zwar zuvörderst nach dem Ständehause in der
Herrengasse, denn da versammelten sich eben die Stände zur Berathung jener Adresse, die an den Thron um Abhilfe des Druckes gebracht werden sollte. Es erschien, wahrscheinlich zufällig, ein Polizei-
Kommissär, um durch ein gutes Wort die Massen zu zerstreuen,
allein dieses Mal war seine Mühe vergebens, er mußte dem An-
brange weichen, und alsbald war auch der große Hofraum des
Ständegebäudes dichtgefüllt. Niemand trug Waffen, ja absichtlich
nicht einmal einen Stock, damit der Anschein jeder ernsthaften De-
monstration vermieden wurde, übrigens ist bemerkenswerth, daß alle
Anwesenden fast durchgängig gutgekleidete Menschen waren, und
der Pöbel an jenem Tage gar nicht betheiligt war. Man wollte
durch den laut ausgesprochenen Willen zu wirken suchen, denn in
der That, die begeisterten Worte trafen besser als das tapferste
Schwert.

Eine Abtheilung der mittlerweile zusammengetroffenen Volksmenge zog mit dem Redner Burian an der Spitze, vor den Pallast

des Fürsten Metternich am Ballplatze, wo k. k. Militär in Reih’ und Glied aufgestellt war. Burian, Hörer der Rechte an der Wiener Hochschule, ein Pole von Geburt, war ein kräftiger, schöner, junger Mann, der von seinen Mitbrüdern auf den Schultern getragen, folgende Anrede hielt.

„Brüder! Nur Mäßigung, Ruhe, Ordnung! — Meine „Herren! ich nehme eine große Verantwortung auf mich, indem ich zu „Ihnen spreche. Ich bin noch ein junger Mensch, — ich bin ein „Pole (stürmisches Vivatrufen), — aber ich umfasse sie alle mit „gleicher Liebe, weß Stammes Sie auch sind; wir sind alle Brü- „der! (Vivatruf). — Wir sind alle gleich! (neuer Vivatruf). — „Aber ich bitte und beschwöre Sie, nur Mäßigung, nur Ruhe, — „wir werden alles erhalten! (allgemeines Rufen: „wir müssen! „wir müssen!“) Nur Mäßigung! auf dem Wege des gemäßigten „Fortschrittes werden wir zur Freiheit gelangen! Unser Kaiser ist „ja ein gütiger, gnädiger Herr, er wird uns sicherlich Alles ge- „währen, um was wir bitten! (Bravo). — Wir wollen ja nur „das, was andere Staaten schon lange vor uns erhielten! (Bravo). „Unser gütiger Monarch hätte uns auch schon Alles gewährt, aber „(der Redner deutete auf das fürstliche Palais) er ist von falschen „Rathgebern umgeben! (stürmisches Applaudiren und Bravorufen). „Doch wir wollen der Natur nicht vorgreifen; die Natur droht „allem Bestehenden den Tod! (allgemeine Heiterkeit). Auch diese „Rathgeber werden ihre Pflicht kennen und von selbst gehen; „Meine Herren! es wird auch die Zeit kommen, wo das Wort des „großen Philosophen Aristoteles wahr wird: Gedankenfreiheit, „Glaubensfreiheit führt allein zur wahren Seelen- „freiheit! (nie endenwollender Beifallssturm). Wir die Jünger „der Wissenschaft, haben diese Bewegung begonnen, wir wollen, „daß die echte Lebensphilosophie unter das Volk bringe, daß alle „theilhaftig werden der großen Wohlthaten und Errungenschaften „der Wissenschaft; aber vor Allem bitte ich Sie nochmals um Mäßi- „gung und Ordnung!“

Mit dem Rufe: „Es lebe der Kaiser Ferdinand und seine Dynastie, hoch!“ worunter sich auch Stimmen mit „Pereat Metter- nich!“ gemischt haben sollen, entfernten sich die Studirenden, den Weg nach dem Landhause einschlagend.

Während dieser Zeit hatte sich die Menschenmasse im Hofraume des Landhauses so angehäuft, daß dieser im strengsten Sinn des Wortes vollgepfropft war, eine Unzahl von Köpfen war sichtbar, Brust an Brust, dicht an einander gedrückt, standen die Einzelnen, und auch die Fenster waren mit Menschen dicht besetzt. Die Herrengasse, ja selbst die Freiung und der Michaelsplatz wimmelte von Menschen, alles wollte zum Landhaus was aber durch die Unzahl die sich von Minute zu Minute steigerte, nicht möglich wurde. Der Geist, welcher die Volksversammlung im Hofe des Landhauses beseelte, machte sich alsbald Luft. Herr Dr. Fischhof, ein geb. Ungar, ließ sich auf die Schulter seiner Nebenstehenden heben, und entwickelte, was dem Volke Noth thue, und was es begehren dürfe. Schade aber, daß ihn seiner schwachen Stimme wegen, nur die nächste Umgebung verstehen konnte, denn allgemein wurde seine klare, leicht faßliche logische Rede durch Vivatrufe mit Beifall aufgenommen. Seine Rede ging vorzüglich dahin, daß er zu einem einigen Streben der verschiedenen Nationen Oesterreichs mahnte und brachte somit allen ein Lebehoch; lautes Beifall- und Evviva-Rufen brach nach jeder Stelle dieser Rede los und machte in der Folge den Zusammenhang der Rede unmöglich; endlich zählte er die verschiedenen Forderungen des Fortschrittes auf, und nach jedem Punkte folgte ein einstimmiger Zuruf und Beifallsklatschen der lauschenden Menge. Das Gemüth war empfänglich gemacht und jeder folgende Anstoß mußte wirken.

Nach Beendigung der Rede des Dr. Fischhof erblickte man auf einer Erhöhung, die nach näherer Besichtigung das spitze Giebeldach des Hausbrunnens war, einen blaßen Mann. Seine Stimme war unverständlich und so wie seine Bewegung etwas marrionettenhaft, der Vortrag seiner Anrede predigerartig, er sprach vorzüglich von Liebe und Eintracht, jedoch ohne Zusammenhang und mußte nach Kurzem unter Mißbilligung den Platz räumen. Ein anderer folgte nach und ließ sich die Wünsche des Volkes bekannt geben, die er dann als dessen Organ der übrigen Versammlung mittheilte. (Mehrfacher Beifallssturm).

Die Redner jenes Tages waren theils Studirende, theils solche, welche die Studienlaufbahn bereits zurückgelegt hatten.

Der Inhalt aller gehaltenen Reden drehte sich um die Verlangung der nothwendigen Reformen nach den Anforderungen der

Zeit, und die vorzüglichsten Sprecher waren Dr. Fischhof (später Oberkommandant der medizinischen Legion), dann die Herren Böhm, Burian und Herrmann.

Da diese hier gehaltenen Reden nicht wörtlich mitgetheilt werden können, indem sie improvisirt waren, so dürfte es genügen, blos die wichtigsten Stellen aus den vorzüglichsten, so weit sie im Gedächtnisse blieben, mitzutheilen.

„Nicht Revolution zu predigen ist meine Absicht, nein! um das „Beste der Nation zu fördern stehe ich hier im Angesichte der Ver= „sammlung. Was ich im Namen meiner gedrückten Brüder zu ver= „langen habe, ist:

1. Freiheit der Presse;

2. Lehr= und Lernfreiheit;

3. Errichtung einer Nationalgarde;

4. Vertretung des österreichischen Volkes bei dem deut= schen Bunde;

5. Beseitigung der Hindernisse, welche dem aufklärenden Volks= unterrichte im Wege stehen;

6. Abtretung des allgemein verhaßten Metternich;

7. Verantwortlichkeit der neu zu wählenden Mini= sterien;

8. Verweisung der Jesuiten und ihrer afilirten Orden;

9. Keine Russen;

10. Kein Nationalhaß;

11. Gleichstellung aller Religionen in den bürgerlichen Rechten.

12. Vertretung aller Stände, vom Bauer bis zum Für= sten, mit einem Worte: Konstitution.

„Es lebe unser konstitutioneller Kaiser! Es lebe die Freiheit „Nieder mit Jenen, die uns ohne Ende zu knechten bemüht waren! „Das Volk! (fuhr der Sprecher mit funkelnden Augen fort). Das „Volk ist die Stütze des Thrones. Darum nochmal: Konstitu= „tion! Es lebe unser edler, konstitutioneller Kaiser Ferdinand.“

Die Feder ist nicht im Stande, den donnernden Beifall der Anwesenden nach dieser Rede zu beschreiben. Die Menge im Hofe und an den Fenstern donnerte Vivat, dessen Echo sich dem auf der Gasse harrenden Volke mittheilte und auch hier einen wahren Sturm von Begeisterung hervorrief. Jede Stelle, welche auf das frühere Verwaltungssystem anspielte, wurde mit dem größten Bei=

fallssturm aufgenommen, und nur der Ruf: „Nieder mit Met=
ternich!" unterbrach sehr oft die Redner.

Mittlerweile sammelte sich auch vor dem Landhause die Massa
immer mehr an und vom Eingangsthöre her kamen stoßweise ganze
Lawinen von neuen Eindringenden. Auf einmal ergeht die Losung:
„In den Ständesaal!" und alles stürmt gegen den Brunnen
nach vorwärts. Das Gedränge wurde so heftig und tobend, daß
es den Anschein hatte, als gelte es den Saal mit Sturm einzu=
nehmen. In diesem Moment zeigte sich Graf Montecuccoli als
Landmarschall am Fenster, verschaffte sich endlich nach langer Mühe
bei den Anstürmenden Gehör und erklärte, daß aus den Versammel=
ten 12 zu der Berathung im Saale zugelassen werden als Bürg=
schaft, daß die Stände gewiß nachdrücklichst die Wünsche des Vol=
kes beim Thron bevorworten werden, zugleich bat er um Ruhe und
Ordnung. Nachdem das Getümmel noch mehr zunahm, so rief von
einem Fenster im Hofe des Landhauses eine klare Stimme, die ver=
sammelten Herren mögen sich gedulden, damit die Herren Stände
in ihren Berathungen fortfahren können; in einer halben Stunde,
höchstens in einer Stunde sollten die Entschlüsse kundgegeben werden;
inzwischen bitte er, daß man ruhig auseinander gehe, oder doch sich
bis dahin ruhig verhalte. Kaum war diese rufende Stimme verklun=
gen, so sah man einen jungen Mann, Maximilian Goldner, vom
Hauptthore her durch die Massen drängen, der eine Schrift hoch
empor hielt, es war die deutsche Uebersetzung einer meisterhaften
Rede, welche der damalige Pesther Deputirte, Ludwig Kossuth,
an die ungarischen Stände gerichtet hatte.

Er wurde unter großem Jubelrufe auf den Giebel des schon
erwähnten Brunnen gehoben, allein der Redner drang nicht durch,
denn seine Stimme war zu schwach, auch zitterte er am ganzen
Körper, wahrscheinlich wegen seiner Anstrengung, wie er sich durch
die Massen rang. Da hörte man eine Stimme von unten erschallen,
er solle sich ablösen lassen, worauf er auch wirklich aussetzte. Also=
gleich half man einem sehr jungen Manne in die Höhe. Er heißt
Putz, ist Jurist und ein Tiroler. Mit klarer männlicher Stimme
las er die Rede bis zum Ende, während welcher Zeit fast eine
Todtenstille geherrscht hatte.

Da diese Rede ohnehin allgemein bekannt ist, so dürfte es ge=

nügen aus derselben nur die vorzüglichsten, mit besonderen Bei=
falle aufgenommenen Stellen wieder zu geben.

„Ich sprach schon bei Eröffnung des Landtages meine
„Ueberzeugung aus" (lauteten Kossuth's Worte), „daß die
„Ausgleichung der Interessen, die zwischen uns und den
„übrigen Nationen der Monarchie obwalten, ohne den Ver=
„lust unserer Selbstständigkeit, unserer Freiheit und unseres
„Wohlstandes nur durch eine alle Gefühle verschwisternde
„Constitution ausgeglichen werden kann." (Lärmender Zuruf)
„Ich warf einen traurigen Blick auf den Ursprung und die
„Fortpflanzung des Wiener bureaukratischen Regierungs=
„systemes, ich berührte, wie sie das Gebäude ihrer erlah=
„menden Macht auf den Ruinen der unterdrückten Freiheit
„unserer verbrüderten Nachbaren errichtet, und herzählend
„die unglücksschweren Folgen dieses unheilvollen Regierungs=
„Mechanismus, und hinein schauend in das Buch des Lebens,
„wo die fatummäßige Logik der Vorfälle die Enthüllung der
„Zukunft ankündigte, prophezeite ich in treuer Anhänglichkeit
„an die Dynastie, daß derjenige der zweite Gründer des
„Hauses Habsburg werde, der die Monarchie in konstitutio=
„neller Richtung reformiren, und den Thron des erhabenen
„Hauses auf die Freiheit seiner Völker unerschütterlich er=
„bauen wird. "

Diese Stelle hatte ungeheuren Enthusiasmus erregt. Der
Redner machte eine Pause, von unten herauf wurde ihm ein Glas
Wasser gereicht, er entblößt sein Haupt und mit dem hoch erhobe=
nen Glase ruft er: „Das ist ein lauterer, ein klarer Quell, mit
„ihm trinke ich auf das Wohl der Versammlung (lauter Beifall).
„Das konstitutionelle, das freie, das einige Oesterreich hoch! (stür=
misches Hoch). „Hoch das erlauchte Kaiserhaus! Ferdinand hoch!"
(der Enthusiasmus bricht brausend aus, Hüte werden geschwenkt
und immer von Neuem ertönt das einstimmige Hoch als ob es nimmer
enden wollte). „Hoch Franz Joseph unser Thronfolger!" (unüber=
schwenglicher Jubel). „Hoch Franz Karl! Hoch Stephan! Hoch
Johann!" (ein mehrmaliges Hoch beschließt den Jubelruf). Als sich
nach dieser Unterbrechung der Sturm gelegt, versuchte der Redner
fortzufahren, obschon es ihn viele Mühe kostete, die anfängliche

Ruhe zu gewinnen. Nachdem der Sturm sich einigermaßen gelegt hatte, fuhr er fort:

„Seit diesen Worten sind Throne, durch Weisheit gestützt, „zusammengestürzt, und Völker haben ihre Freiheit errungen, deren „so nahe Zukunft sie vor drei Monaten nicht einmal träumten. Und „wir wälzen seit drei Monaten unermüdet den Stein des Sysyphus „und der Schmerz über die Unbeweglichkeit umhüllt meine Seele „mit drückender Bangigkeit. Mit blutendem Herzen sah ich, wie so „viel edle Kraft, so viele große Fähigkeiten an einer undankbaren „Arbeit sich abschwitzten, die den Qualen einer Tretmühle gleich „kommt. Ja, löbl. Stände, auf uns ruht der schwere Fluch eines „erstickenden Qualmes; aus der Beinkammer des Wienersystems „weht eine verpestete Luft auf uns, die unsere Nerven lähmt und „sogar unseren Geistesflug bannt." (Großer Beifall, diese Stelle muß zweimal gelesen werden). „Wenn mir aber bis jetzt nur „deßhalb bangte, weil es schmerzlich ist, des Wiener Systemes „wegen unseren Fortschritt mit unersetzlichen Schaden unseres Vater= „landes über die Maßen gehemmt zu sehen, und weil ich sah, daß „die konstitutionelle Richtung unseres Fortschrittes nicht gesichert sei, „und weil ich sah, daß jene Divergenzen, die zwischen der absoluti= „stischen Tendenz des monarchischen Systemes und der konstitutio= „nellen Richtung der ungarischen Nation seit dreihundert Jahren be= „stehen, bis heute noch nicht ausgeglichen sind, und ohne die eine oder „die andere Richtung aufzugeben nicht augenblicklich werden können, „so bangt mir nicht deßhalb jetzt, sondern darum, daß jene Politik „der bureaukratischen Unbeweglichkeit, die in dem Wiener Staats= „rathe sich verknöcherte, die Monarchie in eine Auflösung wälzen, „und die Zukunft unserer geliebten Dynastie in Frage stellen muß." (Großer Beifall, diese Stelle wird wiederholt). Hierauf folgt eine energische Aufforderung an die Stände, den Zeitpunkt nicht zu übersehen, frei und loyal aufzutreten. Nun geht die Rede weiter.

„Wenn wir die Zerwürfnisse so weit gedeihen ließen, daß nur „zwischen Verneinung und Opfern gewählt werden kann, deren Ende „nur Gott sieht, dann ist die Reue zu spät, den unthätig verscherzten Augenblick gibt kein Gott zurück." (Er erinnert an den Landtag vom Jahre 1790 und an dessen Nichttheilnahme an der internationalen Politik. Daher all der Fluch jener Franzosenwirthschaft, alle jene immensen Opfer, endlich die zwei Staatsbankerote). „Möge Gott

„behüten, daß nicht die Geschichte auch über diesen Landtag ein sol=
„ches Urtheil fälle! Ich will die Verhältnisse, wie sie in der Mo=
„narchie und im Auslande obwalten, nicht zeichnen, denn sie sind
„ohnedieß bekannt, aber meine feste Ueberzeugung will ich aussprechen,
„daß die wahre Quelle aller Wirren in dem Wiener Regierungs=
„systeme liegt, und mit Bangigkeit spreche ich die Ueberzeugung aus,
„daß dieser verkehrten Politik, die den Interessen der Nation und den
„rechtmäßigen Forderungen einer vernünftigen Freiheit schnurstraks
„entgegen ist, anzuhängen so viel heiße, als die Zukunft der Dynastie
„zu kompromittiren!" (Lautes Rufen.) „Widernatürliche politische
„Systeme können sich auch lange erhalten, denn zwischen der Geduld
„der Nationen und deren Verzweiflung ist ein langer Weg; aber es
„gibt politische Systeme, die dadurch, daß sie lange dauerten, an
„Kraft nicht gewannen, sondern verloren, und endlich kommt der
„Augenblick, wo es gefährlich wäre, sie noch länger aufrecht hälten
„zu wollen, denn ihr langes Leben hat sie zum Tode reif gemacht."
(Nach stürmischen Unterbrechungen zweimal gelesen.) „Antheil kann
„man am Tode nehmen, aber ihm ausweichen nicht. Ich weiß es,
„daß es schwer fällt, einer veralteten Politik, als einem alten Manne,
„sich von der Idee eines langen Lebens zu trennen," (muß viermal
wiederholt werden) „ich weiß es, daß es schmerzlich ist, ein Stück
„nach dem andern einstürzen zu sehen von dem Gebäude, das ein
„langes Leben aufbaute" (wiederholt); „wenn aber das Fundament
„schlecht war, ist das Factum des Einsturzes unausweichlich" (Sturm),
„und auf uns, denen die Vorsehung das Schicksal einer Nation anver=
„traute, können die Schwächen eines Sterblichen keinen Einfluß üben."

Jetzt fliegt ein Blatt Papier aus dem Ständehaussaale dar=
nieder, man bringt es dem Redner; er scheint es lesen zu wollen,
da bricht ein wahrer Strom von durcheinander schillernden Geschrei
herein, man ist pro und contra. Vergebens bemühte sich der Red=
ner weiter zu sprechen, denn er kann mit seiner Stimme nicht mehr
durchbringen, da zeigt er beide Blätter vor, und hält das neue Blatt
und die Rede abwechselnd in die Höhe; der stürmische Beifall für
Kossuth's Rede entscheidet ihm zum Weiterlesen. Nachdem einige
Ruhe wieder hergestellt war, las er weiter:

„Ewig möge das Vaterland bestehen, und ewig der Glanz
„jener Dynastie, die wir als unser Herrscherhaus anerkennen. Die

„Männer der Vergangenheit werden in kürzerer Zeit in's Grab „gehen, aber der hoffnungsvolle Sproſſe des Hauſes Habsburg **„Franz Joſeph"** (lange dauernder ſtürmiſcher Jubel, Hüte werben geſchwenkt), „der bei ſeinem erſten Auftreten die Liebe der Na= „tion ſich erwarb, erwartet das Erbe eines glänzenden Thrones, der „ſeine Kraft aus der Freiheit ſchöpfen, und den man in ſeinem „Urglanz bei dieſem unglücklichen Mechanismus der Wiener Politik „ſchwer erhalten wird." (Die ganze Stelle wird zweimal wiederholt.) „Die Dynaſtie muß alſo zwiſchen ihrem eigenen Wohle und der „Erhaltung eines entarteten Regierungsſyſtemes wählen, und dennoch „fürchte ich, wenn die loyale Aeußerung der Nationen nicht dazwi= „ſchen tritt, daß die verknöcherte Politik in einer neuen Ausgabe „der in Gott ſeligen heiligen Allianz auf Rechnung der Dynaſtie „noch einige Tage fortzuvegetiren ſuchen wird." (Wiederholt.) „Sie, „die nichts zu vergeſſen pflegen, vergeſſen doch das Eine gern, daß „nämlich auch bei der erſten Auflage der heiligen Allianz nicht dieſe „es war, die die Throne rettete, ſondern die Begeiſterung" (anhal= tender Beifall), „die Begeiſterung der Völker, eine Begeiſterung, „deren Grundlage das Verſprechen der Freiheit war, dieß Verſpre= „chen aber wurde nicht eingelöſt." (Lauter ſtürmiſcher Zuruf, mehr= fache Wiederholung.) „Für eine Dynaſtie, die ſich auf die Freiheit „ihrer Völker ſtützt, wird immer Begeiſterung entſtehen; denn vom „Herzen treu kann nur ein freier Menſch ſein;" (mußte dreimal gele= ſen werden) „der gedrückt wird, dienet eben wie er muß; für eine „Bureaukratenherrſchaft kann keine Begeiſterung entſtehen."

Drohende Rufe zwingen den Redner zur Ableſung des Zet= tels; es bricht ein förmlicher Sturm los, den er aber durch das Vorzeigen des Blattes einigermaßen beſchwichtigte, indem er die Worte beiſetzte, daß nur wenig geſchrieben ſei. Er lieſt. Der In= halt war, daß Se. Majeſtät einen Bankausweis vorlegen laſſen werde, und daß in der Folge ein aus allen Provinzen gezogener ſtändiſcher Ausſchuß zuſammenberufen werde, um über zeitgemäße Verbeſſerungen zu berathen. Von vielen Seiten ſtürmte es, das ſei nichts. Der Ableſende zögert, endlich fliegt das Blatt zum Publikum hinunter.

Herrmann aus Steyermark, ein junger Mann und Medi= ziner, fängt es auf und ſteigt, unter großer Begeiſterung das Blatt emporſchwingend, mit vieler Mühe auf das Dach, nachdem es ruhig geworden, ruft er:

„Ich erkläre hiemit Angeſichts der ganzen Verſammlung, An=
„geſichts des öſterreichiſchen Volkes, daß keiner ſeiner Wünſche
„erfüllt iſt, und vernichte feierlich dieſen Erlaß.“ Der begeiſterte
Redner ſprang unter ſteigendem Jubel und Getöſe vom Dache, er
wurde aufgefangen und von der erhitzten Menge im Triumpfe her=
umgetragen. Doch die Aufregung hatte jetzt den höchſten Punkt
erreicht, und Mehrere ſollen vor Ingrimm geweint haben. Nachdem
der Moment der höchſten Aufregung etwas gemildert wurde, ver=
ſuchte Putz wieder zum Worte zu kommen, dieſes Mal aber gelang
es ihm nicht, die erforderliche Ruhe durch einen bloßen Ruf herzu=
ſtellen; er fing an mit größter Anſtrengung der Stimme zu leſen,
vergebens, er bat, beſchwor und wollte endlich ganz abbrechen, das
half, es ſtellte ſich die Ruhe wieder her, und er fuhr fort: „Leben
„und Blut können die Völker hingeben, aber für die drückende Po=
„litik eines entarteten Regierungsſyſtemes wird ſich nicht einmal ein
„junger Spatz todt ſchießen laſſen.“ (Heiterkeit, die Stelle wird
zweimal geleſen.) „Uebrigens, wenn es Einen in Wien gibt, der
„im Intereſſe der Macht ſeiner wenigen Tage, auf Rechnung der
„Dynaſtie mit der Allianz abſoluter Mächte liebäugelt, ſo ſoll er
„doch bedenken, daß es Mächte gibt, mit denen es beſſer iſt, in
„Feindſchaft als in Freundſchaft zu leben.“ (Wiederholt, großer
Beifall). „Ja, löbl. Stände! es iſt meine feſte Ueberzeugung, daß
„die Zukunft der Dynaſtie von der Verſchmelzung der verſchiedenen
„Nationen der Monarchie abhängt, dieſe Vereinigung kann nur mit
„Berückſichtigung der verſchiedenen Nationalitäten durch das Band
„einer die Gefühle verſchwiſternden Konſtitution geſchaffen werden.“
(Langer, anhaltender Beifall). „Bureau und Bajonette ſind ein
„elendes, nie dauerndes Verbindungsmittel.“ (Großer Beifall.) „Ich
„werde in meinem Vorſchlage, den ich machen will, vom dynaſtiſchen
„Geſichtspunkte ausgehen, und, Gott ſei Dank, daß dieſer Geſichts=
„punkt mit den Intereſſen des Vaterlandes in Verbindung ſteht.“
(Die hier folgenden Worte beziehen ſich ſpeziell auf Ungarn.) „Und
„jetzt ſchlage ich vor, eine Repräſentation an Se. Majeſtät ohne alle
„weitere Motivirung, deren Inhalt ſein ſoll: daß die Stände für die
„geſammte Monarchie eine den verſchiedenen Nationalitäten ange=

„meffene Conftitution und für Ungarn ein verantwortliches Minifte=
„rium verlangen." (Großer Beifall und verfchiedene Rufe) *).
Putz wendete fich, nachdem diefe Rede vollendet war, mit eigenen
Worten an die Verfammlung, trug alle die Forderungen des Volkes
vor, worunter er befonders die Annulirung der ruffifchen Allianz
und die Volksvertretung beim deutfchen Bunde hervorhob. Den
Schluß feiner Rede bildete der Ruf: „Keine Ruffen!" Er hatte
ficherlich über eine Stunde mit größtem Feuer und Anftrengung ge=
fprochen, ganz erfchöpft nahm ihn endlich die Menge mit den groß=
artigften Afflamationen des Dankes auf die Schultern, trug ihn unter
feinen Kollegen herum, denn diefe Rede war wie ein Zauber in alle
Herzen gedrungen, fie war das nachhaltende Ferment, das unwider=
ftehlich wirkte; die Volksftimme hatte ja in ihr den Ausbruck und
das Echo gefunden. Nahe bei dem Thore des Ständehaufes wird
ein Mädchen ohnmächtig hinausgetragen, die in dem außerordent=
lichen Andrange ihre Befinnung verloren hatte. Endlich erfchien
Jurift Ritter von Böhm, ein Wiener. Er würdigte feines Vor=
gängers Poftulate und fagte, er habe zu fuppliren, und zwar vorerft
die drei Wünfche: Abbankung des allgemein verhaßten Minifters
(ftürmifcher Applaus und Rufe um feinen Namen!) endlich nannte
er Metternich. Vertreibung der Jefuiten, denn fie find die ge=
fährlichften Werkzeuge, womit man das Volk verdummen will.
(Polterndes Getümmel.) Augenblickliches Unterwaffentreten der
Bürgergarde. (Großer Jubel.) Da ereignete fich ein anderer Fall,
denn plötzlich foll ein ältlicher Mann hinter ihm gerufen haben:
„Schweigen Sie!" Die Aufregung der Maffen war ohnehin auf
das Höchfte gefteigert, und fo ift es nicht unerwartet, wenn man
diefen Rufenden ergriff, zu Boden warf und ihn aus der Verfamm=
lung hinauswies.

Endlich befteigt Herrmann, nachdem fich die Ruhe etwas
hergeftellt hatte, die improvifirte Rednerbühne und refumirte die
Volkswünfche; nach einer kurzen Zeit mußte er auf allfeitiges Ver=
langen auf den Balkon, der fich unmittelbar über den früher benütz=
ten Brunnen hinwölbt, und fchloß dort feine Rede mit den Worten:
„Ich will mich kurz faffen, denn was braucht es vieler Worte, wir

---

*) Leider, daß diefes Streben gerade für Oefterreichs Untergang hervorge=
rufen wurde.

„wollen eine Konstitution, somit lebe unser guter konstitutioneller
„Kaiser Ferdinand!“ Sein Abtreten wurde mit dem einstimmigsten
Jubelrufe begleitet. Nach einer kurzen Pause kam Graf Colloredo,
umgeben von den Zwölf aus dem Volke, und suchte durch einbring=
liche Worte die Menge zu beschwichtigen und zum Auseinandergehen
zu bewegen, jedoch vergebens. Einzelne Stimmen riefen: „Wir
bleiben hier, bis man uns willfahrt.“ Mittlerweile hatten die Her=
ren Stände eine Eingabe abgefaßt, die von zwei aus ihnen der im
Hof versammelten Menge vorgelesen und hinabgeworfen wurde, doch
da sie die Wünsche des Volkes nicht ganz aussprach, wurde sie von
derselben zerrissen. Diese Adresse enthielt die gewöhnlichen Petita
der süddeutschen Kammern, nur fehlte die Volksvertretung beim
Bunde. Der Ruf nach Preßfreiheit und Konstitution ließ sich aber=
mals hören und Einzelne schrieen dazwischen: „Nieder mit Met=
ternich!“ Andere wieder: „Keine Russen!“ Der Lärm und
die Aufregung der Massen war auf das Höchste gestiegen. Auf ein=
mal wechselte die Scene. Jene Zwölf aus dem Volke, bei den
Ständen zugezogenen, kamen an die Fenster und riefen: „Kommt
herauf, helft, man hat uns eingesperrt, Böhm ist eingesperrt!“
Dieser Ruf wirkte wie ein elektrischer Schlag und führte eine Scene
herbei, die zur Schattenseite jenes Tages gehörte, deren wir aber
leider in der Folge noch mehreren begegnen werden. Das Ganze
wurde durch ein Mißverständniß herbeigeführt. Die ohnehin aufge=
reizte Menge stürmte gegen das Aufgangsthor, und in dem nächsten
Augenblick hörte man auch schon von oben herab stürmisches Geschrei,
Getöse und das Klirren der Fenster und Stühle. In den Hofraum
flogen einzelne Trümmer herunter, denn Alles glaubte, es sei be=
waffnete Macht eingedrungen. Von der Ferne hörte man Schüsse,
es entstand ein fürchterliches Geheul und ein dumpfes Murmeln;
hinaus, hinaus, rettet euch, wir sind verloren! Alles drängte nach
Außen und ehe man sich es versah, hatte sich der größte Theil des
Volkes zum Thore des Landhauses hinausgedrängt. Draußen mar=
schirten nach kurzer Zeit die k. k. Grenadiere auf. Wohl Mehrere
versuchten bei der noch zurückgebliebenen Menge im Hofraume des
Landhauses Reden zu halten, allein sie konnten nicht mehr in diesem
Gewirre durchgreifen. Während dieser Vorgänge im Landhause
hatten noch mehrere auf dem Hofe und auf der Freiung Reden vor=
getragen, die mit dem Inhalte im Wesentlichsten den schon angeführ=

ten gleichkommen. So standen die Dinge am 13. März Morgens gegen 11 Uhr. Eine furchtbare Menschenmenge, die mit jeder Minute zunahm, wogte in der Herrengasse vor dem Landhause hin und her, das Gedränge war bereits so gewaltig, daß es nur mit größter Anstrengung, ja selbst mit Lebensgefahr möglich wurde, aus dem Schwalle zu entkommen, um das Ganze übersehen zu können. Wenden wir uns also zu den Vorgängen, die im Ständesaale während dieser Zeit vorgingen. Die in den Hofraum gehenden Fenster waren überfüllt von ruhigen Zuschauern. Man konnte jedoch nur in einen Theil der Gänge gelangen, da der andere dem Versammlungssaale näher gelegene Theil von zwei jungen Leuten durch quergehaltene Stöcke abgesperrt wurde. Wir beschieden uns und frugen, was es denn endlich mit der Deputation sei, die vor ohngefähr einer Stunde von den Herren Ständen verlangt worden war. Man sagte uns, daß die Fortsetzung der Wahlen eben stattfinde. Diese zwei jungen Männer versicherten übrigens, daß sie den Herren Ständen das Ehrenwort gegeben hätten, Niemanden durchzulassen. Der Lärm wuchs von Minute zu Minute, und mehrere Personen wurden abermals ohnmächtig hinausgetragen.

Die Stände zogen sich zur Berathung in den Sitzungssaal zurück. Man war im Hofraume noch nicht ganz mit der Wahl der zwölf Abgeordneten aus dem Volke fertig, als auch schon die Herren Stände diese zu sprechen wünschten. Bei den obwaltenden Verhältnissen blieb wohl nichts anderes übrig, als die Zwölf aus den in den Gängen und dem Saale zunächst Anwesenden mit möglichster Berücksichtigung aller Nationalitäten und Klassen in Eile zusammen zu stellen. Es wurde endlich der Menge durch das Fenster verkündiget, daß eben jetzt die zwölf Gewählten bei den Ständen eintreten werden, man fragte sie deßhalb, ob sie zufrieden wären, und auf die Beifall donnernde Erwiederung trat auch wirklich die Deputation in den Vorsaal. Mehrere schwarzgekleidete Herren empfingen sie mit Worten, aus denen die Stimmung der Herren Stände leicht zu errathen war.

Sie ermahnten zur Ruhe mit aufmunternden Worten in ihrer Ansprache eingeflochten, und wiesen darauf hin, daß man nur den gesetzlich vorgeschriebenen Weg gehen könne, ohne über das Erwachen des Volkes jedoch eine mißbilligende Miene zu machen. Die Deputation wurde somit in den Ständesaal geführt und mit den.

Worten: „Was wollen Sie hier? und was wollen die Leute unten?" ziemlich trocken empfangen. Lapper, Med. Doct., Einer aus den Zwölfen, trat nun hervor, und nahm das Wort:

„Hochansehnliche Versammlung! Eine stürmisch = bewegte „Menschenmasse erfüllt die Räume in und vor diesem Hause. Ihre „nächste Absicht war, Ihnen für die in letzter Zeit kund gegebene „liberale Gesinnung ein Lebehoch zu bringen. Das Volk fühlt „genau, wer ihm wohl will, wer seine Wünsche versteht, und zu den „seinen macht, und weiß auch das zu schätzen. Je lebhafter nun der „Beifallssturm war, der Ihnen noch vor einer halben Stunde erscholl, „desto furchtbarer ist die Erbitterung, die die Zuschrift hervorbrachte, „welche, als von Ihnen zugesandt, dem Volke nun verlesen wurde. „Sie wurde als unzulänglich vom Volke mit wüthenden Geberden „zerrissen. Es ist unsere heiligste Pflicht zu versichern, daß Alles, „was außer den Grenzen der Ordnung und der Ruhe ist, durchaus „nicht in den Absichten irgend Eines von Allen ist, die sich unten „befinden. Fortschritt und Recht ist Alles, was sie wollen, und für „dies Alles sind sie bereit, Alles zu opfern, wenn es sein müßte! „Wir haben daher im Namen des Volkes blos die einfache Frage „zu stellen, ob das vorgelesene Blatt in der That Alles enthalte, „was die hochansehnlichen Stände in Sache des Volkes zu petitio= „niren gedenken, oder was wir hoffen und vermuthen, nur einen „Theil! Im ersten Falle steht es außerhalb unserer Macht, die „einmal rege gewordenen Gemüther zu beruhigen. Wir wollen „nichts Halbes! ist ein Ruf der von allen Lippen scholl. Die Licht= „lavine, die von Westen gegen Osten heranrollt, reißt alle Völker „fort, und kein leeres Wort ist mehr im Stande, sie zu hemmen! „Ist das Verlesene nur ein Theil der Petition, so wird die Versiche= „rung dessen von Seite der hochansehnlichen Versammlung die Ruhe „bis zur Mittheilung der weiteren Punkte herzustellen nicht ver= „fehlen!"

Auf dieses erwiederte der Graf Montecuccoli als Präsident ohngefähr Folgendes:

„Seien Sie überzeugt meine Herren, daß uns die Wünsche „des Volkes nicht fremd sind, daß wir sie verstehen, und daß wir „es uns zur heiligsten Aufgabe machen, dieselben in gehöriger „Fassung vor den Thron zu bringen. Wenn wir sie aber versichern,

„daß dieses nichts Leichtes ist, daß wir bereits seit Jahren damit
„beschäftiget sind, des Volkes zeitgemäße Forderungen zu berathen,
„daß wir so eben in derselben Absicht beisammen sind, so werden Sie
„einsehen, daß die fortdauernde Bewegung und der unaufhörliche
„Lärm in der Nähe des Berathungssaales uns nur stören und den
„Gang der Berathung hemmen muß. Nehmen Sie die Versicherung
„hin, daß von unserer Seite dem Volke nichts mitgetheilt wurde;
„das erwähnte Blatt ist somit ein zufällig oder böswillig unterscho-
„benes und uns ganz fremdes. Benützen Sie dieses zur Herstellung
„der Ruhe, und veranlassen Sie, um uns die zur Fortsetzung unserer
„Geschäfte nöthige Ruhe zu verschaffen, daß die Volksmassen sich
„zertheilen und friedlich auseinander gehen. Es kommen uns jeden
„Augenblick neue Petitionen zu, die wir genau zu erwägen haben,
„und wenn das Volk uns stört, stört es nur den gesetzlichen Fort-
„gang seiner eigenen Sache.“

Wir wollen jetzt Thaten und nicht Worte, erwiederte ein Zweiter auf die Rede des Herrn Grafen, doch wurde die Fortsetzung
durch eine Bewegung in den Ständen und durch vielfaches Durch-
einanderreden unterbrückt.

Ferdinand Graf von Colloredo ergriff jetzt das Wort;
auch er sprach im Sinne des Präsidenten und setzte bei, eben so wie
die Stände, deren Aufgabe es ist, die Sache des Volkes zu der
ihrigen zu machen, entschlossen seien, diese mit aller Macht gewissen-
haft zu vertreten, eben so werden diese wissen, sich die nöthige Ruhe
zur Erfüllung ihrer Pflicht zu verschaffen, wenn man sie ihnen nicht
aus freiem Antriebe geben werde.

Der Präsident bemerkte über die Rede des ersten Sprechers,
daß ihm wohl der Grund des Lärmens, nicht aber die Wünsche des
Volkes bekannt gegeben worden wären, welche das bewegte Volk zu
einer solchen Versammlung vereint.

Herr Doctor Brühl, einer aus den Zwölfen, stellte sich die
Beantwortung der Rede des Präsidenten zur Aufgabe, indem er
Folgendes sprach: „Sie begehren zu wissen, was die Wünsche der
„unten versammelten Menge sind? — Nun, so vernehmen Sie die-
„selben: Für's Erste verlangt man Rede- und Preßfreiheit. Er-
„lauben Sie mir die Bemerkung, daß wir weit genug fortgeschritten
„sind, um von den wohlthätigen Consequenzen des befreiten Staates,
„die mißlichen Seiten desselben zu scheiden. Nicht zur Schmähung,

[illegible] nur Schmerze soll es [illegible]! [illegible] nur [illegible] Offenbarung, gerechter Schmerze, [illegible] gerechtem Tadel [illegible] [illegible] [illegible] [illegible] [illegible] des [illegible]! Für's Zweite wird [illegible] und [illegible] verlangt. Das Maaß des [illegible] Intervenirens [illegible] [illegible] [illegible] [illegible] angemessen, die Rede, wie er [illegible], und wo oder wann er es [illegible] habe, nicht beschränkt: möge Jeder nach Massgabe seiner [illegible] ungehindert diese anwenden, diese verwenden können. Wer wäre über diesen Punkt mit [illegible] [illegible], allein Ort und Zeit gebieten uns Kürze. Für's Dritte [illegible] Verneinung der dem deutschen Stande [illegible] allgemein [illegible] Wunsch. Ich nenne diesen Punkt [illegible] [illegible]: Vernichtungs [illegible] [illegible] [illegible] die [illegible] Schwester, die das [illegible] [illegible] ernste deutsche Volk dem [illegible] [illegible] entgegenstellen in Stande ist."

Die [illegible] [illegible] verbreitende Übernahme der Stände, die [illegible] [illegible] den Worten des Sprechers [illegible], der [illegible] mehr überhand nehmende Sturm, [illegible] die [illegible] Anregung der Volkswünsche, [illegible] constitutionelle [illegible], Öffentlichkeit und [illegible] [illegible] der [illegible], [illegible] der [illegible] Zustände). Die Mitglieder der [illegible] Stände [illegible] erst [illegible], wohl [illegible] [illegible] [illegible] Worte in das Volk zu [illegible], um die [illegible] zu [illegible]. Alle [illegible] gehört zu werden, aber vergebens, und es [illegible] eine dazu [illegible] Ständemitglieder unter [illegible] Sache der Mag [illegible]. [illegible] [illegible] [illegible] in den Saal [illegible] man [illegible] Scheibengeklirre, das [illegible] [illegible], den Grad [illegible], bis zu welchem die Volksverwirrung [illegible] [illegible]. „Es ist zu spät!" [illegible] die Mitglieder der Stände unter [illegible] der, die in der größten Unordnung, ihre Hüte und Stöcke [illegible]. Der Herr Präsident Graf Montecuccoli [illegible] [illegible] der, „wir [illegible] [illegible] mehr zu thun, als der [illegible] Rest von [illegible], die [illegible] [illegible], [illegible] Se. Majestät zu [illegible]," und [illegible] ließ [illegible] den [illegible] [illegible] [illegible] [illegible] der Saal.

[illegible] dem [illegible] und dem Saale [illegible] die [illegible] mit ihrem Präsidenten an der Spitze ein [illegible] Bild, Tische und Stühle lagen in [illegible] [illegible], und die [illegible] mit [illegible] [illegible] bedeckt. In Folge dieser Ereignisse und [illegible] [illegible] wurde das [illegible] der Grenadiere in [illegible] [illegible] der [illegible] [illegible], und die [illegible], welche in der [illegible] [illegible] [illegible] [illegible] wurde, [illegible] [illegible] [illegible] [illegible]. [illegible] [illegible]

Ständehaus der Punkt war, von wo aus sich alle Bewegungen, die in der Folge Alles mit sich rissen, kundgaben, so wollen wir abermals von der Herrengasse in den Saal des Ständehauses eintreten, um zu sehen, was weiter Wichtiges vorging. Während in dem Landhause die zurückgebliebenen Ständemitglieder der Rückkunft der abgegangenen Deputation aus der k. k. Hofburg warteten, hatte sich ein Comité aus Studenten und Bürgern gebildet, welche in Mitten von Scherben und Trümmern in dem Wiener Ständesaale an dem großen grünen Tische Platz nahmen. Die Aufgabe dieses Comité's war, für diesen Moment die besten aber auch sichersten Maßregeln zu berathen und zu ergreifen. Man kam überein, durch Redner aus seiner Mitte die Volksmenge im Hofe vom Balkone herab theils in Athem zu erhalten, theils auch, wo es Noth thäte, durch gütliche Vorstellungen zu beruhigen, bis das Resultat der Deputation aus der k. k. Hofburg eingetroffen und bekannt gemacht sein würde. Es wurde in diesem Comité Jurist S t ö b e r zum Präsidenten, S c h l e - s i n g e r, Mediziner, zum Sekretär gewählt; aus welchem alle jene Redner in der Folge hervorgingen, welche vom Mittage bis 2 Uhr die Masse im Zaume hielten. Ihre Reden, welche das Volk belehrten, was dem Vaterlande Noth thue, wurden mit lautloser Stille und abwechselnd enthusiastischem Zurufe vernommen. Allein, als schon eine längere Zeit vorüber war, als man die abgesandte Deputation schon glaubte erwarten zu können, wenn nicht derselben Hindernisse in den Weg gelegt worden wären, da war es mit der Ruhe des Volkes zu Ende. Von Minute zu Minute stieg die Erbitterung, und von allen Seiten tobten die Massen unter furchtbaren Aeußerungen.

Laut hörte man rufen: „Man täuscht uns, man höhnt uns! „unsere Brüder in der Burg sind wahrscheinlich schon in sicherem „Gewahrsam, während wir hier ruhig stehen und auf ihre Zurück- „kunft warten." — Bei diesen Worten stieg der Ingrimm des ohnehin aufgeregten Volkes, und das Meer der Gefühle bäumte sich in jeder Brust, zugleich aber rückte das Militär langsam dem Landhause vom Minoritenplatze aus näher. Noch einmal gelang es dem Comité, das Volk durch eindringliche Vorstellungen zu beruhigen, was um so mehr gelang, da der Sekretär desselben dem Volke unter allgemeinem Jubel nebstbei eine entworfene Adresse an den Magistrat vorlas, welche wörtlich lautete:

Löbl. Magiſtrat!

„Ein Ausſchuß von Studenten und Bürgern, welcher ſich im
„Momente der Gefahr im Gebäude der niederöſterr. Landſtände ge=
„bildet hat, bittet einen löbl. Magiſtrat um augenblickliche Mobil=
„machung eines Theiles der Bürgergarde zur Verhinderung militä=
„riſchen Einſchreitens, welches die Aufregung des Volkes ſo ſteigern
„würde, daß man ihrer kaum mehr Meiſter werden dürfte.“

Halb 2 Uhr.

Folgen die Unterſchriften.

Es wurden zur Uebermittlung drei Deputirte aus der Mitte
des Comité’s herausgezogen, die den Auftrag direkte an den Bürger=
meiſter Ezapka zu vollziehen hatten. Sie flogen durch die Straßen
bis zu deſſen Wohnung. Dort angelangt finden ſie zu ihrem Er=
ſtaunen eine große Volksmenge vor ſeiner Thüre. Der Diener des
Bürgermeiſters aber weigert ihnen den Eingang mit dem Beiſatze,
daß ſein Herr nicht zu Hauſe ſei. Das Volk ruft im höchſten In=
grimme mit wilder Geberde: „Er iſt zu Hauſe; der Sp— war ſo
eben am Fenſter.“ Nun begab ſich die Deputation in’s Haus und
brang bis in ſein Zimmer. Mit den Worten: „Was wünſchen Sie,
meine Herren?“ tritt ihnen der Bürgermeiſter ruhig, als hätte er
gar keine Kenntniß von den Ereigniſſen des heutigen Tages, ent=
gegen. Er übernahm dieſe Adreſſe, welche im Drange der Noth
blos auf einem ſchmutzigen, mit Tinte beflecktem Stücke Papier auf=
gezeichnet und kaum leſerlich war. „Wer bildet denn dieſes Comité?“
frägt der Bürgermeiſter höflich. „Männer,“ antworteten die Depu=
tirten, „welche nicht ruhig zu Hauſe ſitzen, und bei den größten Ge=
„fahren ruhig aus dem Fenſter ſchauen; Männer aus dem Volke,
„welche das Schrecklichſte von ihren Brüdern abwehren wollen;
„Männer, die ſie durch uns beſchwören, augenblicklich bewaffnete
„Bürger zur Erhaltung der Ruhe zuſammen zu rufen, wenn Ihnen
„Ihre Pflicht, wenn Ihnen das Schickſal der Stadt am Herzen liegt.“
„Und wie viele Bürger verlangen Sie?“ „So viel Sie aufbringen
„können!“ „Und wie lange geben Sie mir dazu Zeit?“ „Nicht
„einen Augenblick mehr, als unumgänglich nothwendig.“ „In einer
„Stunde, meine Herren, hoffe ich hundert Mann beiſammen zu
„haben. Mehr kann ich nicht verſprechen.“

Mit diesem Resultate kehrte die Deputation alsogleich zum Comité in's Landhaus zurück und meldete die baldige Ankunft der Bürgergarde. Hier hängt ein Schleier über jene Vorgänge, der durch Vermuthungen nicht konnte gelüftet werden, — nicht Ein bewaffneter Bürger erschien auf dem Platze, auch die Deputation aus der Burg kam nicht zurück, und die Menge war nicht mehr zu halten. Alles, was noch der früheren Zerstörung glücklich entgangen war, wurde jetzt in Splitter zerschlagen. Ein Mann von ungefähr 40 Jahren ergriff einen Schiebkarren, und schleuderte denselben mit einer Hand wie ein Herkules gegen ein Fenster des Erdgeschoßes, daß dasselbe sammt Kreuz und Gitter in Stücke flog. Von der Gasse herauf erscholl die erste Salve des Militärs, wie dieß gekommen, wußte Niemand; man war erstlich der Meinung es wären blinde Schüße, um das Volk dadurch zu zerstreuen, denn es war früher weder eine Mahnung noch eine Aufforderung an das unbewaffnete Volk ergangen.

Bald aber wurde man eines Anderen belehrt, als Einige schnell zu den Fenstern eilten, pfiffen die Kugeln an ihren Köpfen vorbei und blieben im Plafond des Saales stecken. Man erzählte allgemein, daß ein Offizier von einem aus dem Fenster geschleuderten Stück Möbel getroffen worden sei, weßwegen er zu feuern kommandirt habe. Es war ein furchtbarer Moment. Die furchtbarste Aufregung entstand, Alles suchte über die Treppe hinab der Straße zuzueilen, doch am Thore angekommen kam ihnen eine zweite Salve entgegen, die fünf zu Boden streckte.

Während im Innern des Ständehauses alles dieses vorging, hatte sich von außen eine unübersehbare Menschenmenge zusammengefunden, die durch ihre drohende Haltung, durch die heraufbeschworene Erbitterung die größte Besorgniß erregte. Der Ballplatz, so wie alle in die Herrengasse einmündenden Gassen, als: die Freiung, der Hof, der Kohlmarkt und Michaelsplatz war mit wüthenden Menschen bedeckt, die sich kaum regen konnten. Keiner hatte jetzt, was früher der Fall war, die Geberde eines neugierigen Zuschauers, die nur Schaulust planlos hierher geführt hätte. Jeder war sich wohlbewußt, warum er hier sei und was er wollte. Besonders arg war das Gedränge beim Ständehause als dem Eingangspunkte der Begebenheiten. Die ohnehin nicht breite Herrengasse wurde von einem Bataillon Grenadiere und einer Kompagnie Pioniers bedeckt; neunhundert Studirende hatten sich dort eingefunden, ohne die übrige noch immer anstürmende Menschenmasse zu erwähnen.

Die durch die zweite Salve Gefallenen wurden von dem sich schon früher gebildeten Comité (aus Bürgern und Studenten bestehend) beim Brunnen des Landhauses umstellt, und da nicht leicht weiter zu kommen war, drangen sie in den Ständesaal, den sie bis zur Stunde als heiligen Ort der Volksvertretung vor jedem Volksanbrange mit Aufopferung ihres Lebens selbst, gedeckt hatten. Die Lage war in diesem Momente eine fürchterliche geworden, und die Verzweiflung kennt kein Gesetz; sie umringten die zurückgebliebenen Ständemitglieder und stellten ihnen die Alternative, entweder das Militär zum Abzuge zu bringen, oder an ihrer Spitze aus dem Landhause zu ziehen, wo ihre Leiber als Schild für sie zu gelten hätten. Dieser Plan war durch den Umstand nicht ausführbar, weil diese Herren Ständemitglieder um der allgemeinen Aufmerksamkeit des Volkes zu entgehen nicht in Amtstracht erschienen waren, und in dem schwarzen Fracke hätte der Soldat die Volksvertreter sicherlich nicht erkannt, daher kein Unterschied gemacht worden wäre. Zum Glück hatte sich das Volk in Folge der gegebenen Salven zerstreut und so konnten sie unangefochten das Haus verlassen.

Um das Folgende vom richtigen Standpunkte aus betrachten zu können, ist es nothwendig einen Blick auf früher Vorgefallenes zurückzuwerfen. In den Kasernen wurde schon um 9 Uhr Früh Generalmarsch geschlagen und das Militär rückte aus. Gegen 10 Uhr schritt es in die Stadt ein und besetzte a l l e Eingänge zur Burg, so wie der dahin führenden Gassen. Auch die Umgebung des Rathhauses, der Nationalbank und des Hofes, so wie sämmtliche Stadtthore wurden von dem Militär okupirt, und die Gewehre vor Aller Augen scharf geladen. Jetzt kam Se. kaiserl. Hoheit Erzherzog A l b r e c h t als Komandirender von Wien, begleitet von einem General und mehreren Stabsoffizieren herangesprengt. Das Volk seiner ansichtig werdend, rief: „Es lebe das Kaiserhaus!" Diese Vivats wurden jedoch nicht freundlich aufgenommen, da der Erzherzog in Folge des Geschehenen wohl nicht in der erforderlichen Stimmung sein konnte. Er äußerte, wie allgemein erzählt wurde, einige harte Worte des Unwillens gegen das Volk, wodurch die ohnehin aufgeregten Gemüther noch mehr gereizt wurden, und es ließen sich einige so

weit hinreißen, daß sie sogar Holzstücke nach dem Erzherzoge schleu=
derten.

Leider daß dieser Vorfall jenen denkwürdigen Tag in der Ge=
schichte Oesterreichs befleckt, und den wir gerne, schon wegen seinen
Folgen als ungeschehen gewünscht hätten. Die Veranlassung zu einem
Mißverständnisse wurde dadurch herbeigeführt, das mit Blutvergie=
ßen endete. Das Kommando ertönte: „Mit gefälltem Bajonette vor!
Feuer!" und niederstürzten Mehrere tödtlich getroffen, darunter Karl
Heinrich S p i t z e r, Techniker, aus Bisenz gebürtig 18 Jahre alt.
Nun wollen wir sehen wie die Dinge in der Universität stehen. Ge=
gen 4 Nachmittags (Montag) stürzte Professor H y e an der Spitze
einer großen Anzahl Studenten in die geräumige Halle des neuen
Universitätsgebäudes, und lief trotz der großen Aufregung und
Spuren der Erschöpfung die Treppe hinauf in den juridischen Hör=
saal, der die Menge kaum fassen konnte. Er bestieg die Lehrkanzel
und verständigte sie von dem Erfolge der Deputation, nämlich, daß
er seit Sonntag halb 9 Uhr in ihren Angelegenheiten thätig, von
En b l i ch e r kräftigst unterstützt, dennoch bis zur Stunde nichts er=
wirken konnte, daß auch auf ihre Eingabe keine befriedigende Ant=
wort zu erwarten sei, daß aber er dennoch, ein Familienvater von
vier Kindern bei ihnen treu ausharren wolle, daß er jedes etwa kom=
mende Schicksal mit ihnen gerne theilen werde. Diese festen Worte
hatten gewirkt, man rief ihm ein donnerndes Vivat zu und die Stu=
direnden forderten gegenseitig auf, sich auf den nächsten Wachposten
wegen Erhaltung der Waffen zu stürzen. Doktor K ö ck, Mediziner,
der schon vor Professor H y e in der Halle war, schloß sich dem Zuge
in den juridischen Hörsaal an, drang dann dort nach der Rede des
Professors H y e auf die Kanzel und verlangte das Wort. Sein
Name wurde H y e genannt, der ihm zwar nicht persönlich, aber
dem Namen nach kannte. K ö ck forderte die Studenten in energischen
herzergreifenden Worten auf, bevor sie sich wehrlos, wie sie seien,
auf das Militär stürzten, um sich Waffen zu erkämpfen, noch einmal
den ihnen zustehenden gesetzlichen Weg zu betreten. Das 500jährige
Privilegium der Universität stehe bis heute noch in Kraft, in welchem
dessen Rektormagnifikus, geschmückt mit den Insignien seiner Würde
berechtiget wird, zu jeder Zeit, unter allen Umständen, durch alle
Wachen Eintritt bei dem Landesfürsten verlangen zu können. Man
müsse jetzt in der Stunde der höchsten Gefahr dahin wirken, daß der

Rektormagnifikus von diesem kostbaren Privilegium noch in dieser Stunde Gebrauch mache. (Akklamationen der Studenten). Von Seite des Herrn Professors Hye wurde die Besorgniß ausgesprochen, daß man den Herrn Rektor nicht durch die Wachen in die Burg wird lassen, auch habe man schon alle möglichen bittlichen Schritte gethan. Die Lage der Dinge hat sich geändert, erwiederte Köck. Bei den versuchten bittlichen Schritten sei noch kein Angriff des Militärs auf wehrlose Bürger geschehen, kein Blut geflossen, damals habe man andere Concessionen erbeten, als man jetzt zu fordern bemüssigt ist. Es ist sonach bringend nothwendig, legale Bewaffnung der Studenten zu ihrem eigenen Schutze und zum Schutze wehrloser Bürger gegen etwaige Angriffe des Militärs zu erlangen, denn nur darin müsse die gegenwärtige Aufgabe des Rektors bestehen, unter Hinweisung auf das schon Vorgefallene und auf die weiteren Folgen, wenn man die Waffen nicht im gesetzmäßigen Wege, sondern mit Gewalt sich dieselben verschaffen müßte. (Allgemeiner Ruf nach dem Rektor, der auch in kurzer Zeit herein tritt). Bei dem Erscheinen des Rektors, trägt Köck ihm das Verlangen der Studenten vor, und es wird unter Einem zum Suppedell um die Colane geschickt. Man wurde genöthiget wegen dem großen Anbrang der Studenten sich aus dem Hörsaale in die Aula zu begeben. Doktor Well als damaliger Präses der Fakultät tritt heran und zeigt an, daß er unter den obwaltenden Umständen die projektirte Fakultätssitzung nicht halten werde. Es entsteht eine abermalige Aufregung. Nachdem die nöthige Ruhe eingetreten war, entschließt sich endlich, indem mittlerweile die Colane herbeigebracht wurde, der Rektor zum Gange zu Sr. Majestät, fordert jedoch aus Rücksicht seines 72jährigen Alters Begleitung. Hye und Enblicher werden als Begleiter gewählt und die Studenten versprachen auf das Heiligste sich in der Aula ganz ruhig zu verhalten, um so das Resultat der an Se. Majestät geschickten Deputation abzuwarten. Der Rektor beauftragte vor seinem Abgange Dr. Köck während dieser Zeit auf der Kanzel der Aula zu bleiben, und für Ruhe und Ordnung nach Kräften zu wirken, wozu Dr. Obermeyer zu seiner Unterstützung beigegeben wurde.

In der sicheren Erwartung, daß die Bitte wegen Bewaffnung bei Sr. Majestät erhört werden wird, beginnt man sich zu ordnen.

Dr. Köck fordert die Studenten auf sich in den vier Winkeln der Aula nach den Fakultäten, nämlich: Juristen, Mediziner, Philosophen und Techniker aufzustellen. Sie reihen sich in Rotten und jede wählt ihren Anführer, diese dann ihren Oberanführer. Die Wahl ergab folgende Resultate:

Mediziner, Dr. Streich,

Juristen, Dr. Giskra.

Philosophen, Student Oberrauch und Dr. Itrich.

Techniker, einen Studenten, dessen Name damals nicht angegeben wurde.

Diese Organisirung wurde jedoch mehrmal unterbrochen, es kam Dr. Schmidl, der Erste mit der weißen Binde am Arm, am andern einen Offizier der Linie, und erklärte, er sei von Sr. kais. Hoheit abgeschickt, und habe zur Beglaubigung einen k. k. Offizier mit, die Studenten aufzufordern, daß sie, wenn ihnen Herstellung der Ruhe und Ordnung am Herzen liege, gleich ihm mit einer weißen Binde am Arm mit dem k. k. Militär gemeinschaftlich und an dessen Seite zur Herstellung der Ordnung wirken mögen. Allgemeiner Ruf: „Nie mit dem Militär, das unprovozirt auf uns geschossen hat." Da erhebt sich eine Stimme und ruft: „Welche kais. Hoheit schickte Sie?" Erzherzog Albrecht war die Antwort. „Von dieser Seite aus sind sie bloß kommandirt worden, daher nie, nie mit dem Militär!" Diese Wendung der Dinge und Verwandlung in einem Haß gegen das k. k. Militär, das in jeder Lage und zu jeder Zeit sein Blut auf dem Schlachtfelde zur Wahrung der Interessen des Vaterlandes verspritzen muß, war nie geeignet das begonnene Werk friedlich zu beenden. — Dr. Köck versuchte die Studenten zu beschwichtigen und sagte zu Dr. Schmidl: „Sagen Sie Sr. kaiserl. Hoheit was Sie gesehen und gehört, sagen Sie Ihm, daß die Universität in diesem Augenblicke durch ihren Rektor bei Sr. Majestät unmittelbar vertreten sei, und um Bewaffnung bitte. Die Unterhandlung mit Sr. kaiserl. Hoheit könne daher nicht eher als das Resultat von Sr. Majestät bekannt ist, erfolgen, denn man hoffe von Sr. Majestät den günstigsten Bescheid. (Akklamation)." Dr. Köck fordert die Studenten auf, diesen Herren Platz zu machen, und so bilden sich Spaliere, durch welche dieselben bequem hinweg gehen konnten.

Die Verwirrung durch konträre Meinungen stieg; man wartete mit größter Ungeduld der abgegangenen Deputation, da verbrei-

teten sich Gerüchte der aufregendsten Art von wiederholtem Blutver=
gießen, von errichteten Barrikaden. Die Ungeduld über das lange
Ausbleiben der Deputation wuchs und nur das gegebene Wort, sich
bis zu dem Eintreffen derselben ruhig zu verhalten, bestimmte die
Studenten zum Warten. Ohngefähr nach einer Stunde erscheint die
medizinische Fakultät, ihren Dekan an der Spitze, geschmückt mit der
Colane, und ihrem Notar im Staatskleide; der Erstere erklärt im
Namen der Fakultät, daß diese ihr Verlangen als billig erkennen,
daher sich ihnen anschließe und mit ihnen im Guten und Schlimmen
ausharren werde. (Freudige Akklamation). Nachdem der Herr Dekan
das Wort erhält, so beschwört er die Studenten bis 9 Uhr geduldig
auszuharren, mit dem Beisatze, daß er selbst in Begleitung des Herrn
Notars Dr. Engel der ersten Deputation nachgehen wolle, um ihr
Begehren kräftigst zu unterstützen. Nun begeben wir uns wieder auf
die Straße um die weiteren Vorfälle zu beobachten.

Kaum war der erste Schuß geschehen und die ersten Opfer ge=
fallen, so ergriff die ganze Masse des aufgeregten Volkes eine furcht=
bare Wuth, welche auch wie ein verheerender Vulkan losbrach. Es
war ein gräßlicher Anblick die wuthentbrannten Mienen, die feuer=
sprühenden Augen, und die sich in allen Bewegungen zeigende höchste
Aufregung der Gemüther zu schauen. Es wurden über dieses Miß=
verständniß und Veranlassungen des Geschehenen die fürchterlichsten
Verwünschungen ausgestoßen.

Man griff aber dennoch nicht zu den Waffen, denn man wollte
nicht mit Blut die Freiheit gewinnen. Es wurde sonach ein Ent=
schluß gefaßt, den Jeder im Innersten gelobte festzuhalten, und mit
unerschütterlicher Beharrlichkeit auszuführen. Von diesem Augenblicke
an war Alles einig und der Ausgang unzweifelhaft. Sieg oder
Tod! so lautete die Losung aller Anwesenden und deren war keine
geringe Zahl. Alles nannte sich Brüder und schwur gemeinschaftlich
zu kämpfen und zu fallen. Die Stunde, um welche dieses Ereigniß,
das Ströme Blut kosten konnte, vorfiel, dürfte 1 Uhr gewesen sein.

Ein Theil der anwesenden Studenten verließ den blutigen
Schauplatz um ihren Brüdern, die auf der Universität dem Aller=
höchsten Ausspruche entgegen harrten, von dem Vorgefallenen Nach=
richt zu bringen.

Das friedliche Wien, die Stadt, deren Bürger zweimal Deutsch=
land; ja ganz Europa vor dem Halbmonde rettete, gewährte den

Anblick, als wäre der Feind eingezogen. Alles wimmelte nun vom Militär in den Hauptstraßen und mehreren Plätzen, selbst das Glacis vor dem Franzensthore füllte sich mit Soldaten aller Waffengattungen. In diesem Momente wurden die Kaufläden von ihren Besitzern geschlossen, schnell die Stadtthore gesperrt, auf dem Stephansplatz, Michaelerplatz und den Basteien Kanonen aufgefahren, und dadurch die ohnehin aufgeregte Volksstimmung auf's Aeußerste gebracht, da das Volk der Militärmacht gegenüber sich ohne Waffe sah. Aehnliche blutige Scenen wie in der Herrngasse ereigneten sich auch auf andern Plätzen, und die Nachricht von dem Vorgefallenen in der Herrngasse verbreitete sich schnell auch in den Vorstädten; bald darauf wurde das Bürgermilitär durch die Trommel aufgefordert sich unter Waffen auf ihren Sammelplätzen einzufinden. Das Signal ward also gegeben, aller Haß fiel auf das Militär, welches doch nur dem Kommando gehorchte, diesem aber auch als beeideter Soldat gehorchen mußte, denn die strengsten Subordinationsgesetze bestanden nicht nur an jenem Tage, sondern sie bestehen noch, mit Recht, in voller Kraft. Das erbitterte Volk kam an mehreren Orten mit dem Militär in Kampf und das Volk trug eine große Mäßigkeit in ihrem Benehmen. Zu Anfange floh das Volk; ein Theil der Fliehenden gerieth auf die Freiung unter die Kavallerie, welche unter sie einhieb, das Schottenthor wurde durch Gewalt erbrochen. Um den Hof abzusperren, stand ein Piquet Soldaten am Heidenschuße aufgestellt, die aber von dem Druck des heranstürmenden Volkes unterbrochen und abgeschnitten wurden. Nun war der Hof gewonnen und die Menge machte Miene, das dort befindliche bürgerliche Zeughaus zu gewinnen. In dieser Minute sprengte der Führer der dort aufgestellten Kavallerie vor, und befahl einzuhauen, wodurch der Platz alsbald gesäubert und die Menge in die Seitengassen sich geflüchtet hatte. Nun fing das Volk an, die Gassen, welche auf den Hof führen, nämlich die Parisergasse ꝛc. mit Mistwägen zu verbarrikabiren. An der Seite des k. k. Hoftkriegsgebäudes stand ein Bataillon Grenadiere in fertiger Haltung, eine andere Grenadier=Abtheilung sperrte den Hof vom Judenplatze hinein. Der Pöbel fing an sein Unwesen zu treiben, das Militär wurde verhöhnt und gereizt. Am Juden=platze wurden die Planken eines Baues eingerissen, und sich der hier liegenden Ziegelsteine bemächtiget. Endlich versuchte man die Reihen der aufgestellten Grenadiere mit Gewalt durchzubrechen, was aber [illegible] ... Der Inhalt war folgender:

Bekanntmachung

Eine bedauerliche Störung der niederösterreichischen ständischen Rechnungslegung ist heute eingetreten. Die Stände wurden von der Volksmenge genöthigt, ihre Verhandlungen zu unterbrechen, und Se. Majestät die Wünsche jener Menge zu unterlegen. Sie haben sich in der löblichen Absicht der Beruhigung derselben hierzu bereit gehalten. Se. Majestät haben die Stände [illegible] zu empfangen geruht, und ihnen die Zusicherung allerhöchst [illegible] gegeben, daß dasjenige, was den gegenwärtigen Zeitverhältnissen entspricht, durch ein eigenes hierzu aufgestelltes Comité sogleich [illegible] und der allerhöchsten Entscheidung unterzogen werde, worüber

„Allerhöchstdieselben, das zum allgemeinen Wohle der Gesammtheit
„Ihrer geliebten Unterthanen dienliche mit Beschleunigung entschlie=
„ßen werden. Hiernach versehen sich Se. Majestät von der Anhäng=
„lichkeit und stets bewährten Treue der Bevölkerung dieser Residenz=
„stadt, daß die Ruhe wieder eintreten und nicht weiter gestört werden
„wird."

Wien, den 13. März 1848.

Johann Talatzko, Freiherr v. Gestietcz,
k. k. n. ö. Regierungs-Präsident.

Unter dem Vorgange dieser Dinge in den übrigen Stadttheilen
hatte sich die Volksmenge in der Gegend des Ständehauses noch
immer nicht verringert. Die Studirenden hatten unmittelbar nach
jenem Auftritte einen am Kopfe und Hand stark Verwundeten, Na=
mens Joseph Abek, aus Karlowitz gebürtig, dessen Wunden mit
weißen Tüchern umschlagen waren, auf ein Pferd, welches einem
Kavalleristen der Bürgergarde gehörte, gesetzt, und in der Strauch=
gasse, so wie am Hofe und Freiung herumgeführt. Es ist sonach
denkbar, welche Gefühle sich durch diesen Akt bei dem ohnehin auf=
gereizten Volke kundgaben, und welche Theilnahme für den Ver=
wundeten erregt wurde. Wer an jenem Tage stiller Zuseher war,
kann gewiß nicht in Abrede stellen, daß sich auch das Militär aus=
gezeichnet benahm, trotz der Verhöhnung und mancher Verwundung,
die sie durch Steinwürfe erdulden mußten, und es sind Züge vorge=
kommen die der Vergessenheit entrissen zu werden verdienen. In der
Kärntnerstraße stand am Eingange des Mehlmarktes ein Posten Ar=
tilleristen, die das Volk verhöhnte und ihnen zurief: „Die Bajonette
herab!" (Man erzählte allgemein, daß eine Dame aus einem Fenster
in der Kärntnerstraße den Soldaten zuerst zurief.) Man kann sich
leicht denken, welches Gefühl diese Männer erfassen mußte; den Sol=
daten, dem das Heiligste seine Ehre ist, wurde hier die empfind=
lichste Seite verletzt. Ein in der Nähe befindlicher Herr mochte
bemerkt haben, was in den Soldaten vorging; er trat vor die Menge
und bath sie, doch nicht auf diese Art die Soldaten zu erbittern, sondern
sie lieber günstig zu stimmen, da ein rechtlicher Soldat stets die Be=
fehle seines Oberen allein zu achten habe, daß es ihre Pflicht stets
sein müsse auch in jeder Beziehung unbedingt Folge zu leisten. —
Nach seiner Ansprache wandte er sich an die Soldaten mit folgenden

[illegible] [illegible] December, daß die Ehrenmänner, [illegible]
[illegible] die [illegible], die [illegible], [illegible]
[illegible] wollen. [illegible] Sie es [illegible],
[illegible] [illegible] ihre [illegible]." [illegible]
[illegible] geführt und [illegible] in [illegible]
[illegible] des [illegible] und ihre [illegible]. [illegible]
[illegible] [illegible], [illegible]
[illegible] mit den [illegible] [illegible] des Volkes. [illegible]
[illegible] General [illegible] Soldaten [illegible] "[illegible]
[illegible] daß die [illegible] oder [illegible] [illegible]
[illegible] [illegible], [illegible] vom Volke [illegible] der [illegible]
[illegible] Ehrenmann, der [illegible] den [illegible] der Burg [illegible]
[illegible] das Commando, mit [illegible] [illegible]
[illegible] [illegible] werde, [illegible] die [illegible]
[illegible] [illegible] und erklärte, [illegible] das erste Opfer des [illegible]
[illegible] werden zu wollen, als der [illegible] Oberbefehlshaber [illegible]
[illegible] vor [illegible] zur [illegible] des [illegible]. [illegible]
[illegible] [illegible] [illegible] [illegible] [illegible] [illegible]
[illegible] [illegible], vor [illegible] über [illegible], zu [illegible]
[illegible] Inhalt zu [illegible], die Herren [illegible] von [illegible],
[illegible], [illegible], der [illegible] Rath [illegible],
der [illegible] Lehrer [illegible], der [illegible] [illegible]
der [illegible] [illegible] und noch [illegible] Herren zu [illegible]
[illegible] in der [illegible] der [illegible] Bürgermeister [illegible] zu
[illegible], daß er [illegible] [illegible] [illegible], [illegible]
[illegible] [illegible] aus der [illegible] [illegible], und die [illegible]
[illegible] [illegible] [illegible] [illegible] Bürger [illegible]
[illegible] [illegible]. Der Bürgermeister [illegible] in [illegible]
[illegible], [illegible] in [illegible] Deputation [illegible]
[illegible] des Herrn [illegible] [illegible] [illegible], [illegible]
[illegible] der Bürgermeister [illegible] [illegible] die [illegible] der [illegible],
[illegible] [illegible] bis in die [illegible] der Deputation [illegible],
[illegible] [illegible] zu [illegible]. [illegible] [illegible] [illegible]
[illegible] [illegible] die Entfernung des Militärs [illegible] [illegible]
der [illegible] und [illegible] [illegible], [illegible]
der Bürgermeister [illegible] zu [illegible], [illegible] [illegible] der [illegible]
[illegible] und [illegible]

[illegible] Herren [illegible] [illegible] auf die [illegible] dieser Deputation bereit, sogleich mehrere Offiziere abzuordnen, welche in Begleitung der Deputirten, vertheilt die Straßen durchziehen und verkünden sollten, daß das Militär das Innere der Stadt verlassen und die Aufrechthaltung der Ruhe und Ordnung den Bürgern übertragen werden wird. Das Militär zog sich sonach auch wirklich zur allgemeinen Beruhigung aus den Thoren auf das Glacis, und Wien verdankt wirklich einigen hochherzigen Bürgern aus seiner Mitte so wie vorzüglich Sr. kais. Hoheit Erzherzog Albrecht als Kommandirender von Wien die Abwendung eines damaligen großen Uebels. Eine andere Deputation hatte sich aus den Herren Magistratsrath und Major Walter, Kommandanten des zweiten Bürger-Regimentes Fr. Schaumburg, Bürgerhauptmann Tschapeck, Oberlieutenant C. Scherzer und Lieutenant Sinath gebildet, die sich nach Hof begaben, um Sr. Majestät Vorstellungen zu machen und die Stimmen der Bevölkerung vor den Thron zu bringen. Das Benehmen dieser Deputation soll gut gewesen sein, und sie versuchten vorzüglich die Abdankung des Fürsten Metternich zu erwirken, wozu sie auch höhern Orts unterstützt wurden.

Die Abdankung des Fürsten Metternich bewies auch in der Folge das Gelingen dieser Deputation. Doktor Engel, der Montag den 13. März Vormittag, die begeisterte Rede im Hofe des Ständehauses mitangehört hatte, bei welcher Gelegenheit die Thüre und Fenster jenes Saales ein gar trauriges Finale bildeten, ging Nachmittag um 3 Uhr an demselben bedeutungsvollen Gebäude vorüber, durch die dichtgedrängten Volkshaufen konnte er sich nur mit Mühe eine Bahn brechen, heulend und pfeifend wurde so eben eine Abtheilung der k. k. Grenadiere von dem aufgeregten Pöbel empfangen. Hier sah man, wie Einzelne die Rahmen der Anschlagtafeln zerbrachen, die Schilderhäuser zertrümmerte, um sich mit den Bruchstücken derselben zu bewaffnen. Ein Hauptmann der Grenadiere wurde gröblich insultirt, worauf einige Grenadiere das Volk durch Kolbenstöße und Bajonettangriffe ohne Kommando zurückdrängten. Im Vorgefühle einer nahen schrecklichen Scene eilte Doktor Engel auf den Hof, wo unter den versammelten Generälen sich auch Se. kais. Hoheit der Erzherzog Wilhelm befand.

Er beschwor ihn, das Bürgermilitär zum augenblicklichen Ausmarsche zu kommandiren, da das Erscheinen dieses, dem Volke verwandten und aus ihm erstandenen Corps gewiß am schnellsten Ruhe

Um jedoch möglichen Unruhen vorzubeugen, begab sich diese Deputation vor ihrem Abgange noch einmal in feierlichem Zuge in die Aula.

Hier hatte die Ungeduld der Studirenden, durch fruchtloses Warten gesteigert, einen bedenklichen Charakter angenommen. „Wie lange sollen wir noch warten! — Wir wollen nicht mehr warten!" — erscholl es unter Toben und Lärmen in dem weiten Raume, — begleitet von dem Krachen der zerstörten Bänke. Da ergriff der Dekan noch einmal das Wort, der tobenden Masse die Versicherung gebend, daß die eben eingetretene Deputation im Begriff stehe, sich nach Hof zu begeben, — sie dringend beschwörend — keine Ruhestörung zu begehen, bis sie Kunde haben würden, was diese zweite Deputation ausgerichtet habe, welche ihnen bis spätestens neun Uhr dieses Abends sicher werden würde.

Und noch gaben, ungeachtet des Tobens und Sturmes unter ihnen, die Studirenden die allgemeine Zusicherung: daß sie ruhig sich verhalten würden bis zur genannten Stunde.

Bereits war die siebente Stunde vorüber und Eile forderte es für die Deputation; da wurde dieselbe am Stephansplatze durch einen General, der verschiedene dort aufgestellte Truppengattungen befehligte, wegen einer erbetenen Eskorte aufgehalten, indem derselbe anfangs nur einen Gemeinen dazu bewilligen wollte, endlich aber, durch die sehr richtige Vorstellung, daß dadurch unmöglich der Würde der Universität zu genügen sei, sich bewogen fand, zwei Offiziere und zwei Feuerwerker derselben mitzugeben; nach welchem Aufenthalte die Deputation eben den Josephsplatz betrat, um zu sehen, wie ein unruhiger Volkshaufe, in der Absicht, in die Stallburg zu dringen, dort mehrere Fenster zertrümmerte.

Während dieser Vorgänge hatte auch die erste Deputation bereits den Rückweg zu der Universität angetreten, welche auf ihrem Wege zur Burg von einer großen Anzahl Studenten begleitet, ebenfalls auf dem Stephansplatze einen Artillerieoffizier zur Eskorte erhalten hatte, und durch immer noch mehr herzuströmende Studenten das friedliche Ansehen, das man wünschte, verloren haben würde, wären diese nicht, bevor sie in die Burg kam, auf freundliche Vorstellungen zurückgeblieben. Am Ziele ihres Wegs angelangt, erfuhr die Deputation zwar durch Graf Kollowrat; daß die bei Sr. Majestät angesuchte Audienz, im Augenblick nicht möglich sei;

auf die Vorstellung der höchsten Leutseligkeit und Verantwortlichkeit
mit ihrer Sendung, gegen die kaum mehr länger sich beruhigenden
Studenten, gelangte sie nun zu Sr. k. k. Hoheit Erzherzog Franz
Karl, welcher ihr „als ehrlicher Mann" die Versicherung gab, daß
bereits mehrere Zugeständnisse im Werke seien, wegen der Bewaffnung
der Studirenden aber von seiner Seite nichts unternommen werden könne.

Eine gleiche Antwort ward dieser ersten Deputation auch von
dem, von Gelehrten und hohen Staatsbeamten umgebenen, durchlauchtigsten Erzherzog Ludwig, mit dem Beisatze: daß über die
Bewaffnung der Studirenden berathen werden würde. Nachdem
auf ihr Bemühen der Erzherzog den Staatsrath Pilgram beauftragt hatte, der Deputation dies schriftlich mitzugeben, was er im
Kabinet in ihrer Gegenwart aus dem Concepte der zu ertheilenden
Concessionen heraus, einem Schreiber in die Feder dictirt hatte, ent-
fernte sich diese erste Deputation um so schleuniger, als sie eben vernommen, daß bereits eine zweite von Seite der Universität beim
Erzherzog Ludwig angelangt und vielleicht unter den schon so
lange harrenden Studenten eine kaum zu beschwichtigende Unruhe
entstanden sei.

Hier angekommen habe Professor Hye von einem Blatte die
eben erhaltene, zwar für den Augenblick beruhigend scheinende, aber
doch ungenügende Antwort, worauf sie nun erbitterten Studenten
sogleich herausbuchstabirend, die Aula verlassen wollen. Doch noch einmal vermögen es die wiederholten eindringlichen Vorstellungen des
Rector Lich, Dr. juris Obermayer mit mehrerer Mitglieder der
medizinischen Fakultät, auch diesen Sturm zu beschwören, um das
Resultat der zweiten Deputation abzuwarten; worauf man den hoch-
bejahrten Rector mit beide Professoren, um neue Kräfte zu sam-
meln, sich zurückziehen ließe.

Kaum ist dies geschehen, so eilt Baron Esmarzga, der
Jüngere, zur Aula, mit lauten Worten verkündigend: der Regierungs-
präsident habe ihm so eben die Mittheilung gemacht: den Studirenden bekannt zu geben, daß des nächsten Tages früh 5 Uhr ihre
Bewaffnung statt finden werde. —

Doch weit entfernt, daß diese bunte Rede gedrängt hätte,
ertönte sogleich der allgemeine Ruf: „Heute noch! Wir weichen
nicht von der Stelle. Heute noch! Oder wir bewaffnen uns selbst."

Somaruga verspricht in einer halben Stunde die Antwort darauf zurückzubringen. Allgemeiner Jubel erschallte, während Doctor Löck durch die eindringlichste Rede es dahin bringt, daß die sämmtlichen Anwesenden wieder schnell geordnete Abtheilungen bilden, so das Nächste erwartend. Fast war die halbe Stunde abgelaufen, da kehrt Somaruga doch zurück, in Begleitung eines Offiziers vom zweiten Bürgerregiment, die frohe Kunde bringend, daß der Bürgermeister eingewilligt hat, den Studirenden sogleich Waffen aus dem bürger= lichen Zeughause übergeben zu lassen. Wiederholter Jubelruf ant= wortete dieser Kunde, dazwischen Ruf zu den Waffen, nach Fahnen, und nach Ordnung und Schutz des Universitätsgebäudes. Da ist es wieder Doctor Löck's Stimme, die durchbringend, es dahin bringt, daß vier Rotten, je nach den Fakultäten gebildet, zum Schutze desselben zurückbleiben, wobei er mit der ersten bewaffneten Truppe zurückzukehren, jene abzulösen und dann auch sie zu bewaffnen ver= spricht. — Es folgen feierliche Versprechungen, die so eben erlangte Bewaffnung nur zur Herstellung der öffentlichen Ordnung, zu eigenem Schutz und den des wehrlosen Volkes zu gebrauchen. Es erschallt nun wiederholt der Ruf: „Die Türkenfahne, die Fahne von 1797." Doch beide sind unter Verschluß des eben abwesenden Pedells und augenblicklich leitet eine hocherhobene brennende Kerze die drängenden Massen unter dem allgemeinen Rufe: „Das Licht sei unsere Fahne. Vernichtung dem Reiche der Finsterniß!" —

Während dieser Vorgänge auf der Universität war die zweite Deputation, die wir auf dem Josephsplatze verließen, zu Sr. kaiserl. Hoheit Erzherzog Franz Karl geführt worden, welcher deren Ansuchen mit unzweideutiger Freundlichkeit entgegennahm und sich für dasselbe bei Erzherzog Ludwig zu verwenden versprach.

Als die Deputation in dessen Vorzimmer gelangte, fand sie dasselbe von zahlreichen Bürgeroffizieren und Staatsbeamten in Uniform und Civilkleidern erfüllt, welche bereits volle drei Stunden der diesen Tag noch erwarteten Abdankung des Fürsten Metternich entgegensahen.

Die bereits angemeldete Deputation betrat nun den Saal des Erzherzogs, wo umgeben von den höchsten Staatswürdenträgern, der greise Erzherzog, Metternich und Graf Kollowrat die Bemerkbarsten waren.

Dekan Lerch begann nun in so einbringlichen wie gemüth=
reichen Worten sich an Se. kaiserl. Hoheit zu wenden, um die kaum
mehr in ihrer Ungeduld zurückzuhaltenden Studirenden zu bewaffnen;
ihm folgte gleiche Bitte, mit gleicher Kraft anknüpfend, der Notar
Doctor Schilling, und diesem schloß sich Doctor Engel, in
wahrhaftem Feuereifer redend, an: „Kaiserliche Hoheit!" lauteten
die denkwürdigen Worte, „bewaffnen Sie die Studirenden, und
„Sie gewinnen dem Kaiserhause zwei Tausend Streiter, in denen
„sich Muth, Intelligenz und reinster Patriotismus vereinigen. Keine
„sicherern Waffen hat jemals die Residenz, hat jemals der Monarch
„gehabt. Auch ist dieser Akt nur ein Zurückblättern im Buche der
„Geschichte; zu wiederholten Malen sind die Studenten der Wiener
„Universität bewaffnet worden, und stets haben sie sich tapfer und
„treu bewährt. Glauben mir Eure kaiserl. Hoheit, zeigen Sie
„diesen jungen Leuten ein sie ehrendes Zutrauen, und Jeder von
„ihnen wird freudig sein Blut für die geliebte Dynastie, für die
„Sicherheit und Ruhe der Residenz verspritzen. Erfolgt aber die
„Bewaffnung nicht, erfolgt sie nicht bis neun Uhr Abends, so wird
„die nicht mehr einzudämmende Jugend, mit den Trümmern zer=
„schlagener Bänke versehen, sich in die Bajonette der ungarischen
„Grenadiere stürzen, um selben die Waffen zu entreißen. Das edelste
„Blut wird fließen, das wohl zu bessern Zwecken aufgespart bleiben
„dürfte; und im Innersten meiner Seele bin ich überzeugt, daß Eure
„kaiserliche Hoheit um jeden Preis das Blut solcher Jünglinge
„schonen wollen." — Dekan Lerch fügte ergriffen bei: „Kaiserliche
„Hoheit! wir sind Familienväter, aber wir verlassen Weib und
„Kind, und stellen uns in die Reihen der Studenten, um vereint
„mit ihnen kräftig für Ruhe und Sicherheit zu wirken." Und noch=
mals beschloß Doctor Schilling diese hochwichtigen Anreden mit
den Worten: „Die Gesinnungen, die wir hier aussprechen, sind die
„allgemeinen, sind die des Volkes; denn wir Aerzte haben es mit
„allen Klassen der Bevölkerung zu thun. Wir besuchen die Palläste
„der Großen und die Hütten der Armen, und jedes Wort, das
„kaiserliche Hoheit aus unserem Munde vernehmen, ist das Echo der
„Volksreden, der Volksgedanken."

Erzherzog Ludwig, durch alle diese Worte doch noch nicht
ganz überzeugt, wandte sich einer andern Gruppe nahe Stehender
zu, während dem Doctor Engel, in fester Ueberzeugung, in dieser

Stunde die Entscheidung zu verfolgen, sich mit dringender Rede an Graf Kollowrat wandte, da die Deputation ohne günstigen Erfolg nur der Vorläufer der traurigsten Ereignisse sein müsse. So hochherziges Handeln hatte Erfolg, denn alsbald ward der Deputation, nach Fürsprache des edeln Grafen, zu wissen gemacht, sich in baldiger Erwartung einer Antwort, einstweilen in das Vorzimmer zu begeben.

Doch, ungeachtet dessen, trieb eine edle Unruhe den Doctor Schilling, nach der Universität zu eilen, um dort durch Mittheilung dieser neuesten Ereignisse Ruhe zu erhalten.

Bleiernschwer vergingen den Beiden im erzherzoglichen Vorzimmer harrenden, einstweilen die Sekunden und bereits fehlten nur noch einige Vierzig derselben bis zu der so inhaltsschwangern Entscheidung. Da wurde das Peinigende solcher Stunde eben noch vermehrt, als ein Bürgeroffizier athemlos in das Vorzimmer trat, mit dem Ausrufe: „Aus dem Polizei-Oberdirektionsgebäude ist abermals gefeuert worden, die Kugeln pfiffen hart an mir vorüber; ein Mann wurde getödtet, ein zweiter schwer verwundet; — dem Uebel muß schnell gesteuert werden.“ — Und — „zu spät, zu spät!“ tönte es dumpf unter den anwesenden Bürgeroffizieren.

Und immer schwüler ward Allen die Luft, so kann es nicht länger bleiben, während jeder Augenblick goldene Früchte tragen könnte, verrinnt er ungenutzt, lautete jeglicher Gedanke, — und von solchen erfüllt, äußerte eben Doctor Engel: „er werde, wenn Beide nicht bald eingelassen würden, selbst die Thür öffnen, da zu solcher Zeit das Beobachten der Etikette eine Versündigung an der Weltgeschichte sei;“ — als die Flügelthüren sich öffneten für die harrende Deputation und — mitten im Saale stand Fürst Metternich, umgeben von einer Gruppe Bürgeroffizieren, an die er folgende Worte richtete: „Meine Herren! wenn Sie glauben, daß ich dem Staate durch meinen Rücktritt einen nützlichen Dienst erweise, so bin ich mit Freuden erbötig, zurückzutreten.“ Ein Bürgeroffizier erwiederte darauf: „Durchlaucht! wir haben durchaus nichts gegen Ihre Person, aber Alles gegen Ihr System, und darum müssen wir Ihren Rücktritt mit Freuden begrüßen.“ — Mit einer besondern Ruhe gab jetzt der Fürst die Erklärung: „daß er, um nach der ausgesprochenen Meinung dadurch dem Staate zu nützen, seinen Rücktritt hiermit vollziehe.“

Den freudig erregten beiden Mitgliedern der Deputation legte jetzt der Erzherzog die Frage vor: „ob sie, bei einer Bewaffnung der Studenten, auch dafür haften könnten, daß jene wirklich nur zur Sicherheit der Stadt dienen, und nicht fremder Pöbel sich jenen zugesellen, und somit für friedliche Einwohner nur Unheil entstehen werde?" — „Kaiserliche Hoheit!" erwiederte der Dekan, „ich bin Familienvater, aber mit Freuden lege ich mein Haupt auf den Block; denn ich bürge für den biebern Charakter der Studenten;" worauf Doctor Engel großherzig beifügte: „Bewilligen Eure kaiserl. Hoheit die Bewaffnung der Studirenden, und behalten Sie uns hier, wenn in den nächsten vier und zwanzig Stunden diese ihre Waffen zu andern Zwecken als für das Kaiserhaus und die Sicherheit der Stadt anwenden sollten, so stehen wir mit unserem Leben dafür." —

Solch' altrömischer Charakterstärke nachgebend, bewilligte der Erzherzog die Bewaffnung der Studirenden auf den nächsten Morgen. Aber — gleich einem Blitzstrahl aus kaum entwölktem Himmel, erfüllte solches Wort die Deputation mit erneutem Bangen — war ja doch die inhaltsschwere neunte Stunde vor der Thür — und sonach vermochten sie nicht die erwünschte Nachricht zu bringen. Aber auch hier trat der edle Graf Kollowrat als versöhnender Mittler ein, indem er den bereits ausgefertigten Befehl vorzeigte dem nur noch die kaiserliche Unterschrift abging.

Neue drängende Verlegenheit stieg empor — was konnte Alles aus ihr hervorgehen? wenn nicht Engels glücklicher Blick auch hier behilflich wurde, indem er den Vorschlag machte: „zwei Bürgeroffiziere der rückkehrenden Deputation beizugeben, welche die Vertheilung der Waffen des bürgerlichen Zeughauses übernehmen möchten.

Tausendfacher Bedrängniß somit entledigt, eilten nun Dekan Lerch und Doctor Engel in Begleitung der beiden Bürgeroffiziere Abends drei Viertel auf neun Uhr der Universität zu, dem erfreuten Wien zu wiederholten Malen die Kunde zurufend: „Metternich hat abgedankt, der Universität die Bewaffnung bewilligt!" So unter lautem Jubel die obere Bäckerstraße erreichend, kam ihnen bereits Doctor Köck an der Spitze einer Abtheilung Studirender entgegen, die der oben erwähnten vorgetragenen brennenden Kerze folgend, nach dem bürgerlichen Zeughause zur Bewaffnung zog.

Noch hätte hier ein Mißverständniß beinahe arge Auftritte herbeigeführt, indem ein Stabsoffizier vom Bürgercorps, der keine Ordre hatte, in Abwesenheit des Bürgermeisters den Eintritt verweigerte, was unter den bereits eine halbe Stunde vor den Thoren des Hauses Harrenden eine üble Stimmung und Murren hervorrief; bis es einem Bürgerhauptmann und dem Baron Somaruga, die durch eine Hinterthür gedrungen waren, gelang, unter ihrer Verantwortung das Hauptthor zu öffnen; worauf nun bei Mond- und Fackelbeleuchtung die Bewaffnung ihren Anfang nahm. Diese ging mit merkwürdiger Eile vor sich und mit einem Male hörte man, zwar von ungeübten Händen Trommeln schlagen, über der wogenden Menge sah man brennende Fackeln, und an der Spitze der so eben Bewaffneten Bürgeroffiziere als Führer.

Aus allen Fenstern wehten weiße Tücher, ein endloses: „Vivat, es lebe Kaiser Ferdinand — es leben die Bürger Wien's, es lebe die Freiheit!" ertönte, und, wie durch Zauberwort, war plötzlich die ganze Stadt erleuchtet; jedoch, wo kein Licht erschien, wurden die Fenster zerschmettert, und mit Trümmern zerschlagener Ankündigungstafeln, zerbrochener Wachhäuser bewaffnet, an einer Stange zersetzte Lumpen, als Fahne tragend, zerschlug ein Theil der rohen Volksklassen die Fenster mehrerer Regierungsgebäude und der Polizei-Oberdirektion.

Während die Besetzung des Universitätsgebäudes, sowie die fernere Waffenvertheilung geordnet waren, durchzogen schon mehrere bewaffnete Studentencorps mit uniformirten Bürgermilitär Stadt und Vorstädte, wobei beschwichtigende Reden den Ausbruch so manches Unheiles zu stillen vermochten, was leider bei jeder Volkserhebung die fast unabwendbare Begleitung bildet, und so war es der unermüdeten Wachsamkeit der Studirenden und des Bürgermilitärs zu verdanken, daß gegen eilf Uhr Nachts Ruhe in der Stadt herrschte.

Nicht so war es leider in den Vorstädten, wo sich bereits am Tage eine große Menschenmasse am Glacis vor der Josephstadt zusammengefunden und den Tag über in dumpfer Stille verharrt hatte. Doch gegen Abend gesellten sich zu dieser Volksmasse mehrere nach Aussehen und Benehmen den untersten Volksklassen Angehörige bei, und bald darauf wurde ein Angriff auf die Villa Metternich's am Rennwege gemacht, deren Zerstörung nur durch die Studirenden verhindert ward.

Bei vorrückendem Abend vermehrten sich die Volkshaufen außerhalb des Burgthores, und bald entstand unter denselben das laute Verlangen, in die Stadt eingelassen zu werden, und schon machten Einige Anstalt, dies mit Gewalt erzwingen zu wollen, und obgleich das dort aufgestellte Militär einige Male durch Waffengewalt Ruhe herzustellen versuchte, so wurde demselben doch keineswegs Folge geleistet, und nun sah sich das Militär gezwungen, ernste Angriffe zu thun, was wieder mehrere Menschenleben kostete. Wüthend darüber, daß es ihnen nun nicht möglich ward, sich die nach ihrer verkehrten Denkungsart ihnen gewordene Freiheit nach vollen Gelüsten durch Rauben und Zerstören in der innern Stadt freuen zu können, ließen nun diese rohen Rotten ihre volle Wuth an den nächsten Umgebungen aus, sie zerschmetterten die Gaslaternen sammt Candelabern, diese zum Theil als Waffen benützend, und sie unter Steinhagel gegen das anrückende Militär kehrend; wobei die entfesselten Gasflammen diese widrigen Auftritte bei nächtlicher Weile hochroth beleuchtend, von der Ferne die Stadt brennend erscheinen ließen; worauf der raubsüchtige Haufen, der hier keine Nahrung gefunden für seine Gelüste, in verschiedenen Richtungen den Linien sich zuwandte, nachdem er noch das eiserne Geländer der Wienbrücke und die sie umgebenden Hecken zerstört hatte.

Am schrecklichsten hauste die Pöbelwuth an der Mariahilfer Linie und nächst derselben. Nachdem ein Bäckerladen, noch innerhalb der Vorstadt, geplündert und verwüstet worden, warf sich der tolle Haufe auf die Mauthhäuser und Linienamtsgebäude, wo Beamte und Wachmannschaft die Flucht ergreifen und Wohnung nebst Eigenthum verwüstet und verbrannt sehen mußten. Von da zog die Bande, nachdem nur die kahlen Mauern ihrer Wuth entgingen, und doch dabei die Kapelle bei der Linie unbeschädigt geblieben war, nach den zunächst gelegenen Orten Fünf- und Sechshaus, wo sie zuerst das Verkaufsgewölbe und die Wohnung des Kaufmanns Würfel gänzlich ausplünderten und größtentheils zerstörten, wobei die meist trunkenen weiblichen Geschöpfe, die sich dabei nur allzu thätig zeigten, unter den widrigsten Aeußerungen gegen einander, die geraubten Stoffe unter sich theilten, oder, was nicht fortgeschleppt werden konnte, zu vernichten trachteten. Im daranstoßenden Hause ward das Gewölbe eines Fleischselchers ebenfalls gänzlich ausgeraubt. Nun wandte sich die unheilvolle Masse, unter welcher sich allein gegen zweihundert

trunkener, von Zerstörungswuth entbrannter Fabriksarbeiter befan=
den, nach der Zappert'schen Appretur = Fabrik, wo das Gebäude
angezündet und ebenfalls das Innere zerstört wurde; kaum vermoch=
ten der, fast sein Leben wagende Dr. Engel und eine mit ihm
von der Stadt herbeigeeilte Abtheilung Studirender, die noch nicht
ganz vernichteten Dampfmaschinen zu retten. Noch wurden ver=
wüstet die Druckfabriken von Granichstetten und Weiß, so
wie die Branntweinbrennerei von Lindmann. Auch das Amts=
gebäude des Braunhirschengrundes mußte der Zerstörung unter=
liegen, indem hier mit wahrhaft thierischer Wuth sämmtliche Akten,
Waisen= und Steuerbücher, nebst allen Möbeln vernichtet wurden,
und nur durch Zufall die Grundbücher gerettet werden konnten.

Die während jener Ereignisse in der Stadt und unmittelbar
vor den Thoren Gefallenen, deren Leichen, mit Ausnahme der
beiden Letzten, im allgemeinen Krankenhaus ausgestellt und als
die Genannten erkannt wurden, waren:

Wittmann Johann, Schuhmachergesell; an einer Stich=
wunde durch den Bauch.

Spitzer, Karl Heinrich, Polytechniker, Israelit aus
Bisenz in Mähren; erhielt vor dem Landhause einen Schuß in die
linke Seite des Kopfes bei dem Gehörorgan heraus.

Fürst Peter, Essigsieder; fiel in der Stadt, durch einen
von vorn in den Schädel gedrungenen Schuß.

Lanzer Isidor, Strumpfwirker; erhielt in der Stadt
einen Schuß links am Kopfe, in der Gegend des rechten Ohres.

Lazer Ignaz, Hausknecht vom Hundsthurm; blieb in
Folge eines Schusses in Brust und Bauch, und einer Stichwunde
am Rumpf.

Serfflinger Anna, Pfründnerin; ohne äußere Verletzung,
wahrscheinlich erdrückt, in der Stadt.

Zettel Wolfgang, Fleischhauerknecht; an einer Schuß=
wunde in die Brusthöhle; in der Stadt.

Eisele Vincenz, Drechslergesell; durch einen Schuß in
die Magengrube; in der Stadt.

Drewitz Josef, Fabriksbuchhalter; erhielt einen Schuß
in die Brusthöhle; in der Stadt.

Hirschmann E., Israelit; der Schädel, wahrscheinlich
durch Kolbenstöße, zerschmettert, Stichwunde im Gesicht; in der Stadt.

Reicharz (Kucharz) Anton, wahrscheinlich Chirurg; an einer Stichwunde in die Brust und zwei Wunden am Rücken der rechten Hand; in der Stadt.

Walter Anton, an einer Schußwunde; vor dem Polizei-Oberdirektionsgebäude; in der Stadt.

Girardet, Bruder des bürgerlichen Buchbinders dieses Namens; ebendaselbst.

Bauer Elisabeth, Professorsgattin, schwanger; erhielt einen Schuß in den rechten Schenkel, bei den kaiserlichen Stallungen vor dem Burgthore.

Bei und außer der Linie.

Gebhart Gottlieb, Taglöhner; fiel zu Mariahilf mit 27 Schrottwunden.

Tauberger Johann, Bandmachergesell; durch eine Schußwunde in die rechte Brusthöhle; zu Fünfhaus.

Wagner Franz, Zeugmachergesell; an Zerschmetterung des Schädels durch Säbelhiebe; zu Fünfhaus.

Schmaleck Josef, Schmied- oder Schustergesell; durch einen von hinten in die Brusthöhle gedrungenen Schuß; zu Fünfhaus.

Donhardt Lorenz, Taglöhner; an zwei Schüssen; einer durch den Oberarm in die Brusthöhle, der andere rückwärts durch die Brust; zu Fünfhaus.

Köppel Aloys, Drechslergesell; durch einen Schuß in den Bauch; zu Fünfhaus.

Reininger Franz, Bindergesell; durch gleiche Wunde; zu Fünfhaus.

Bauer Franz, Shawlweber; an einem Schuß in den Hals und durch den Schädel; in Fünfhaus.

Eppinger Josef, Schustermeister; durch einen Schuß in das Hinterhaupt; in Fünfhaus.

Außerdem wurden ohne genauere Bezeichnung noch als gefallen angegeben: Schürf, Zimmerputzer, an zwei Schußwunden; Parasol Jakob, Maurer; Mayer, Kellner; Littera Johann, Tischlergesell; Ritz Wilhelm, Bäckergesell; Gustav Josef, Landwehrmann und Taglöhner; Kalina Anton, Weber; ein unbekannter Bäckergesell, an mehreren Stichwunden, und ein

Anderer, der durch einen Stich in die Brust fiel, beide in der Stadt; dann Zwei zu Mariahilf und Einer in Fünfhaus, deren Namen nicht bekannt sind. Ferner ein Schüler der Humanitätsklasse, dessen Leichenbegängniß am 19. März in der Josephstadt began= gen wurde.

Im Spitale starben:

Unterrein Ignaz, am 15. März, an einer Stichwunde in Brust und Arm.

Matthias Johann, am 16., an einer Schußwunde ins Rückenmark.

Kollas Johann, am 17., an einem Schuß in den Brustkorb.

Schaumburg Anna, am 17., an gleicher Wunde.

Konicscheck Karl, Schüler der Rhetorik, am 17., an einem Schuße, der den linken Oberschenkel zerschmetterte.

Rauscher Josef, am 17., an einer Schußwunde in der Brust. —

Weinzierl Franz, am 17.

Hauner Eva, Zimmermannsweib, am 17., an Zertrüm= merung des Schädels durch einen Kolbenstoß.

Am Morgen des 14. März lagerte eine drückende Stimmung über den Bewohnern Wiens, welche nur in Etwas gemildert wurde, als die offizielle Kundmachung erschien:

„Der geheime Haus=, Hof= und Staatskanzler, Fürst Met= ternich, hat seine Stelle in die Hände Sr. Majestät des Kaisers niedergelegt."

Dieser hatte die vorhergehende Nacht zwar noch in Wien, jedoch nicht in seiner Wohnung, sondern im Palais des Fürsten Liechtenstein zugebracht, von wo er am andern Morgen sammt seiner Familie unter anderem Namen, auf der Nordbahn nach London abgereist war.

Wohl schien jetzt Hoffnung für eine zeitgemäße Verbesserung der allgemeinen Zustände aufzukeimen; allein mit der Person mußte auch das System geändert werden und doch waren die Wälle mit Kanonen besetzt, die Hofburg blieb mit starken Truppenabthei=

lungen umgeben, Geschütze bedrohten die volksreichsten Straßen der Stadt.

Dabei brachten neu herbeigezogene Regimenter, welche auf dem Exercierplatze nächst der Josephstadt sich aufstellten, immer neues Mißtrauen unter Wiens Bewohner, wobei leider der Gedanke fern blieb, daß diese Truppen doch nothwendig waren zur Abhaltung des von allen Seiten herbeiströmenden mord- und raubsüchtigen Gesindels.

Die Bewaffnung der Studirenden ging, wie Tags vorher, vor sich, und es erschien inzwischen eine Kundmachung, welche diese bestätigend, die Einreihung der Bürgermiliz unter jene, offiziel verkündete:

Bekanntmachung.

„Die gegenwärtigen Ereignisse berühren das Wohl des Staates eben so wie der Stadt Wien, sie bedürfen einer besonnenen Entwickelung, und es ist daher im Interesse der Gesammtheit und der Einzelnen von höchster Wichtigkeit, daß Ruhe, Ordnung und Sicherheit bewahrt werden. Dieß fordert das allgemeine Beste, dieß fordert die Ehre der wackeren und patriotischen Bewohner Wiens."

„Zu diesem Behufe haben Se. k. k. Majestät bereits die Bewaffnung der Studirenden allergnädigst zu gestatten, und die Erwartung auszusprechen geruht, daß alle Bürger durch Einreihung in die Bürger-Corps diese möglichst verstärken und zur Erhaltung der Ruhe kräftig mitwirken werden."

„Diese Maßregeln, diese heilsamen Bestrebungen der Studirenden und der Bürgerschaft müssen aber auch von allen übrigen Bewohnern Wiens thätigst unterstützt werden. Es werden daher alle Haus- und Familienväter, alle Inhaber von Fabriken und Werkstätten aufgefordert, ihre Angehörigen und Untergebenen, insoferne sie nicht zur regelmäßig bewaffneten Einwohnerschaft gehören, zu Hause zu halten, um die Menschenmenge auf den Straßen nicht zu vermehren, wodurch die wünschenswerthe Gestaltung der Dinge gehindert oder verzögert werden könnte. Die Behörden und die achtbare Bewohnerschaft Wiens werden keine Anstrengungen scheuen, sie rechnen auf das gemeinnützige Zusammenwirken Aller."

Wien am 14. März 1848.

Johann Talazko, Freiherr v. Gestietics,
k. k. n. ö. Regierungs-Präsident.

So erblickte man nun allerwärts neue Schaaren Bewaffneter mit verschiedenen Fahnen von älterer Zeit, und solche die erst vor Stunden gefertigt waren. Die meisten Abtheilungen derselben waren von uniformirten Bürgern begleitet und wurden von dem Militär durch Gewehranschlag, so wie vom Civil durch Abnehmung der Kopfbedeckung gegrüßt.

Die Führer der Studirenden an diesen Tagen waren: die Herren Doktoren Köck, Lerch, Obermayer, Schilling, Giskra, dann Herrmann, Guze und Rößler.

Um jeder möglichen Rückkehr gewaltsamer Ruhestörungen möglichst Widerstand zu leisten, wandten unter den Bürgeroffizieren die Herren: Kommandant Steinfeld und Friedrich Schaumburg alle Mühe und Sorgfalt an, wobei sie durch Abjutant Freund, Rittmeister Franz Leidenfrost, Oberlieutenant Joseph Daum und Lieutenant Wilhelm Starnbacher, auf das Lobenswürdigste unterstützt wurden.

Doch halbe Maßregeln, wie sie bis jetzt an den Tag gelegt worden waren, konnten nicht genügen. Das Mißtrauen und die Gährung wuchs von Stunde zu Stunde; da verbreitete sich zwar gegen zwei Uhr Nachmittags die Nachricht, daß die Preßfreiheit zugestanden und die Errichtung einer Nationalgarde genehmigt sei. Einzelne Mitglieder der Herren Landstände und Patrouillen bewaffneter Studenten und Bürger verbreiteten diese Botschaft unter lautem Jubelrufe der Bevölkerung durch alle Theile der Stadt. Doch keine eigentliche sichere Bestätigung der Gewährung dieser Wünsche erschien noch immer nicht, obgleich seit Stunden bereits eine Deputation der Bürger nach Hofe gesendet war. Da erschien eben jetzt, als die Spannung immer höher stieg, folgende:

Kundmachung.

„Seine Majestät der Kaiser haben die Bewegung des gestrigen Tages durch Gewährung einiger Ihm vorgebrachten Bitten, in der festen Hoffnung und im Vertrauen auf die Ihm von den Ständen, den Bürgern und dem akademischen Senate gegebene Versicherung zu gewähren geruht, daß dadurch die Ruhe und Ordnung ohne weitere Anwendung der Waffengewalt hergestellt werden wird. Heute werden abermals Bitten gestellt und die nämlichen Zusicherungen wiederholt, obgleich die Dinge sich noch beunruhigender gestalten als gestern."

„Die Festigkeit des Thrones wäre erschüttert, wollten sich Se. Majestät abermals täuschenden Hoffnungen hingeben. Die zeitgemäßen Einrichtungen, welche Se. Majestät so eben in Ueberlegung nehmen lassen, können während des Zustandes der Aufregung unmöglich berathen werden, noch weniger in das Leben treten; es liegt daher im Interesse der Bittenden selbst, sich ruhig zu verhalten, und dadurch den Zeitpunkt möglicher Gewährung herbeizuführen."

„Fest entschlossen, die Würde Ihres Thrones nicht zu gefährden, haben Se. Majestät die Wiederherstellung und Erhaltung der Ruhe und Ordnung Sr. Durchlaucht dem Feldmarschall-Lieutenant Fürsten von Windischgrätz zu übertragen und demselben alle Civil- und Militär-Behörden unterzuordnen geruht, mit gleichzeitiger Uebertragung aller zu diesem Zwecke nothwendigen Vollmachten."

„Se. Majestät erwarten von der stets bewährten Treue und Anhänglichkeit der gesammten Bürgerschaft, daß sie vereint mit Ihren tapfern Truppen die Bestrebungen zur Wiederherstellung der öffentlichen Ruhe mit allen ihren Kräften unterstützen werden."

Wien, am 14. März 1848.

Johann Talatzko, Freiherr von Gestietiz,
k. k. niederösterr. Regierungs-Präsident.

Der allgemeine Zustand ward durch diese Kundmachung nur noch mehr in Erregung gebracht — kein Wort von Preßfreiheit, von Constitution! — So begann um 3 Uhr die Einschreibung in die Nationalgarde, in der kaiserlichen Reitschule, und von den dort Anwesenden, Männern aller Stände, wurde aus Anlaß jener Kundmachung eine Deputation von zwölf Personen an Se. Majestät gesendet, um die Bestätigung der bewilligten Errichtung einer Nationalgarde und die Bewilligung der Preßfreiheit wiederholt zu erbitten.

Alle diese Ereignisse mußten nothwendig dazu beitragen, die allgemeine Stimmung immer trauriger und bedrohlicher zu gestalten, wobei die widersprechendsten Gerüchte, bald: daß Se. Majestät Alles bewilligt habe, bald daß gar Nichts ausgerichtet worden sei — die unglücksvolle Runde machten und alle Mühe rechtlich denkender Männer angewendet werden mußte, um neue Ausbrüche der ungeduldigen Menge zu beschwichtigen.

Eben als die größere Hälfte der Deputation mit dem Berichte zurückgekehrt war, daß, wegen Unpäßlichkeit Sr. Majestät, blos fünf von Ihnen, die Herren Freiherr von Stifft, Rudolph von Arthaber, Buchhändler Rudolph Sammer, Landschaftsmaler

Steinfeld und Kaufmann Zsapek, an den Fürsten Windischgrätz gewiesen worden seien, schien der Ausbruch des Unmuthes
unter Bürgern und Studirenden kaum mehr zurückgehalten werden
zu können — da folgte auch der andere Theil der Deputation
nach und der allverehrte Graf Hoyos verlas unter lautem Jubel:

„Se. Majestät haben die Aufhebung der Censur und die als-
„baldige Veröffentlichung eines Repressiv-Gesetzes beschlossen. Unter-
„zeichnet: Erzherzog Ludwig."

Jetzt wo man nun endlich, fünf Uhr Nachmittags, von der
Errichtung der Nationalgarde unter Leitung jenes allgemein geachteten Grafen, und von der Aufhebung des so verhaßten Institutes
der Censur die Ueberzeugung hatte — jetzt ward auf einmal das
ganze Ansehen der Stadt ein anderes, Freude und Beruhigung
strahlten auf den Gesichtern, und nur unter einigen niedern Schich-
ten des Volkes zeigte sich noch Mißtrauen und Kälte.

Eine jubelnde Schaar zog auf den Josephplatz, bekränzte das
Standbild des unvergeßlichen Kaisers, und legte eine Fahne, auf
der das Wort: „Preßfreiheit", in seine Hand.

Während dem erschienen folgende zwei Proklamationen:

1.

„Se. Majestät haben die Errichtung einer Nationalgarde zur
Aufrechthaltung der gesetzmäßigen Ruhe und Ordnung der Residenz
und zum Schutze der Personen und des Eigenthums, und zwar
unter den Garantien, welche sowohl den Besitz als die Intelligenz
dem Staate darbieten; zu bewilligen geruht, und versehen Sich von
der Treue und der Ergebenheit Ihrer Unterthanen, daß Sie dem
Ihnen bewiesenen Vertrauen entsprechen werden.

„Zugleich haben Se. Majestät Ihren Oberstjägermeister und
Feldmarschall-Lieutenant Grafen von Hoyos zum Befehlshaber
der Nationalgarde ernannt."

Wien, am 14. März 1848.

Johann Talatzko, Freiherr v. Gestietics,
k. k. n. ö. Regierungs-Präsident.

2.

„Se. k. k. apostolische Majestät haben die Aufhebung der
Censur und die albaldige Veröffentlichung eines Preßgesetzes zu
beschließen geruht."

Wien, am 14. März 1848.

Johann Talatzko, Freiherr v. Gestietics,
k. k. n. ö. Regierungs-Präsident.

Die Einschreibungen für die Nationalgarde wurden nun mit einem Eifer betrieben, der den höchsten allgemein verbreiteten Antheil daran in das glänzendste Licht stellte und in wenig Tagen die Zahl von vierzig Tausend unter deren Reihen stellte.

Am Abende dieses zweiten Tages der Errungenschaften wurde die Stadt sammt allen Vorstädten beleuchtet, wobei die junge Nationalgarde mit den Bürgern die Nacht hindurch Gassen und Plätze durchstreifte und an verschiedenen Punkten Wachen ausstellte, um Ordnung und Sicherheit zu wahren, wozu noch die unerwartete Ankunft einiger ungarischer Deputirter kam, welche vom Landtage in Preßburg mittelst Dampfschiff in dieser Nacht ankamen, um ihre Glückwünsche darzubringen.

Um nun Diejenigen, welche sich noch nicht überzeugt hielten, ob die Aufhebung der Censur auch Preßfreiheit in sich schließe, vor allem Irrthum zu bewahren und auch von dieser Seite den geringsten Anlaß eines Mißverständnisses zu unterdrücken, ließen mehrere der bekanntesten Schriftsteller Wiens nachstehende Bekanntmachung durch Anschlag verbreiten.

Manifest der Schriftsteller Wiens.

„Unlautere, vielleicht auch böswillige Gerüchte, suchen den Bewohnern Wiens die Meinung beizubringen, als sei die Preßfreiheit nicht ertheilt, oder nicht im eigentlichen Sinne des Wortes gemeint worden. Wir, die unterzeichneten Schriftsteller Wiens, ergreifen von dem uns durch unsern Allergnädigsten Monarchen gewährten Rechte der freien Presse hiermit förmlich Besitz, und fordern alle Intelligenzen der Monarchie auf, mit uns die Preßfreiheit, diese festeste Grundlage alles politischen Fortschrittes, zum Wohle des Vaterlandes und zur Beruhigung der Gemüther durch thätige Betheiligung zu verwirklichen. Es lebe unser Kaiser Ferdinand!"

Wien, den 15. März 1848.

(Unterschrieben: Dr. J. F. Castelli; Bauernfeld; Dr. Ludwig Aug. Frankl; Dr. A. Adolf Schmidl; Dr. J. N. Berger; Joseph Rank; Prof. Jos. Fischhof; Dr. Siegfr. Kapper; Dr. Leop. v. Mayer; Eginhard; Baron Lannoya; Sigm. Engländer; Dr. Ant. Heidmann; Dr. Karl Tausenau; Dr. Karl Baldamus; Sim. Deutsch; J. S. Tauber; Lud. Förster; Jos. Szantó; Dr. Adolph Pichler; Gustav Remellay; Dr. L. Fischer von Wildensee; Dr. Rob. Zimmermann; Dr. Sigmund; Gustav Barth; M. E. Stern; Leop. Breuer; Karl Rick; C. N. Frühauf).